光文社文庫

文庫書下ろし／長編時代小説

金座

鬼役 丟

坂岡　真

光　文　社

この作品は光文社文庫のために書下ろされました。

目次

※巻末に鬼役メモあります

幕府の職制組織における鬼役の位置

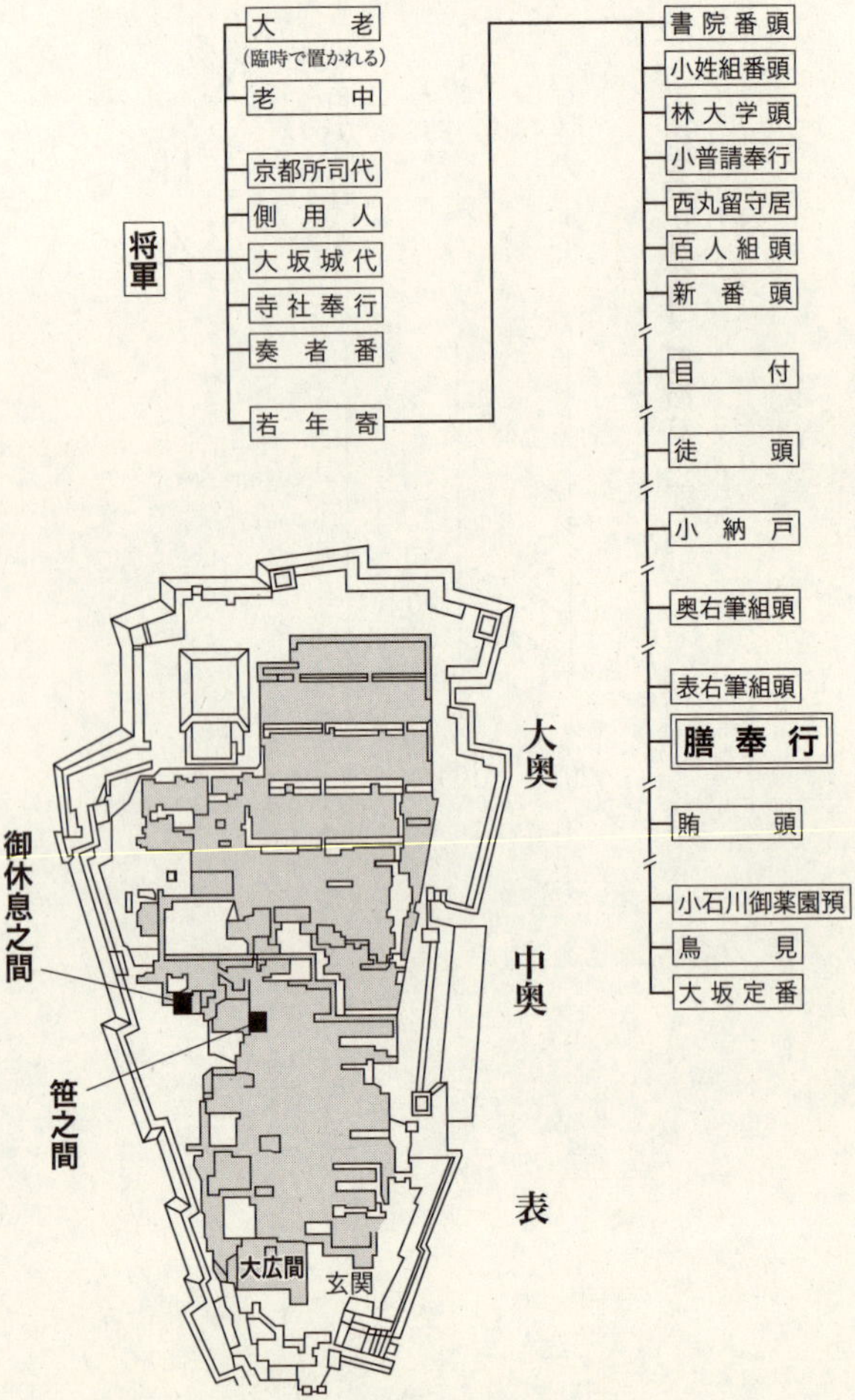

鬼役はここにいる!

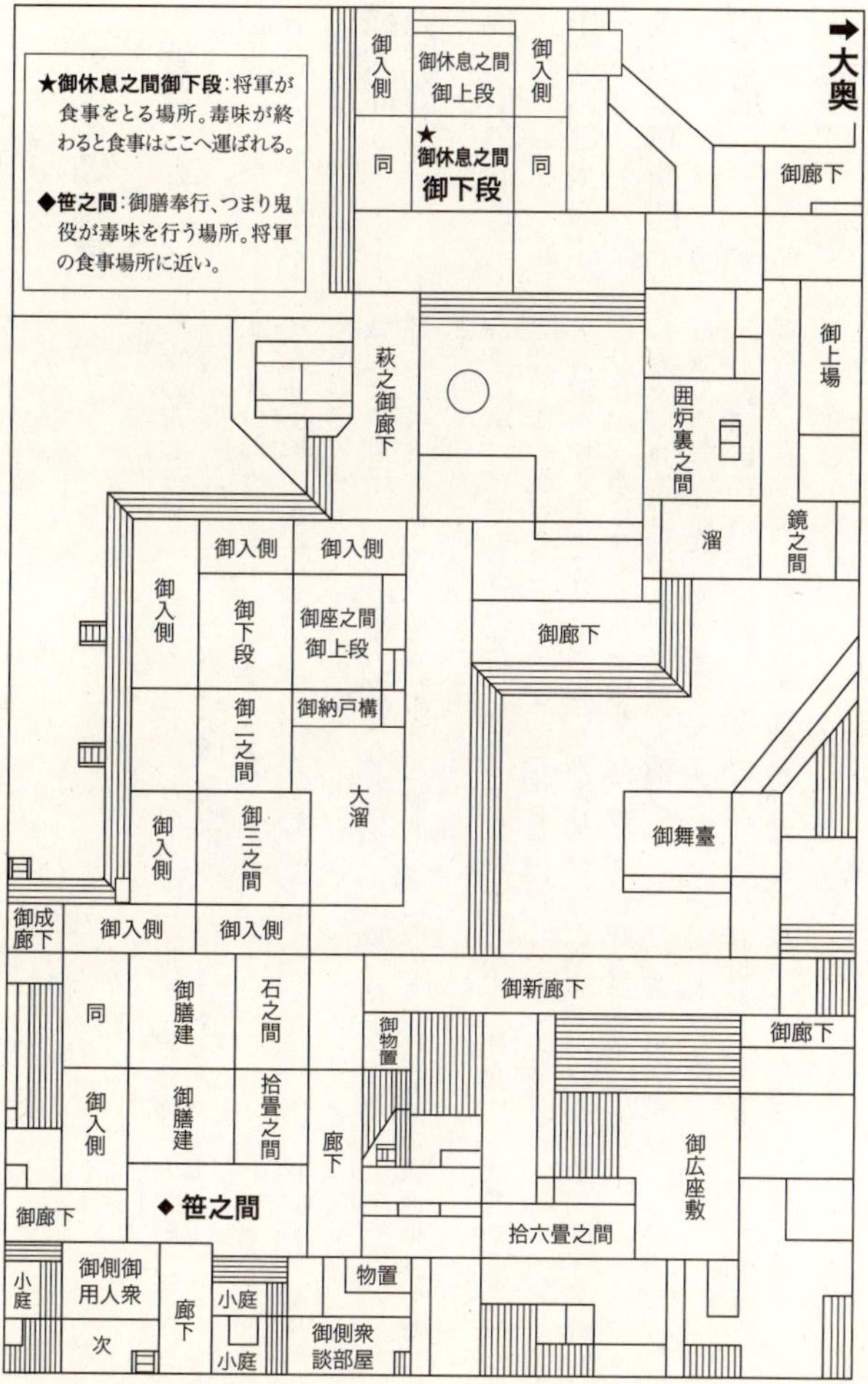
★御休息之間御下段：将軍が食事をとる場所。毒味が終わると食事はここへ運ばれる。
◆笹之間：御膳奉行、つまり鬼役が毒味を行う場所。将軍の食事場所に近い。
→大奥
御入側
御休息之間
御上段
御入側
同
★御休息之間
御下段
同
御廊下
萩之御廊下
御上場
囲炉裏之間
溜
鏡之間
御入側
御入側
御入側
御下段
御座之間
御上段
御廊下
御二之間
御納戸構
大溜
御入側
御三之間
御舞臺
御成廊下
御入側
御入側
同
御膳建
石之間
御新廊下
御物置
御廊下
御入側
御膳建
拾畳之間
廊下
御広座敷
御廊下
◆笹之間
拾六畳之間
小庭
御側御用人衆
廊下
小庭
物置
次
小庭
御側衆談部屋

主な登場人物

矢背蔵人介……将軍の毒味役である御膳奉行。またの名を「鬼役」。お役の一方で田宮流抜刀術の達人として幕臣の不正を断つ暗殺役を務めてきた。

志乃……蔵人介の養母。薙刀の達人でもある。

幸恵……蔵人介の妻。御徒目付の綾辻家から嫁いできた。蔵人介との間に鐵太郎をもうける。弓の達人でもある。

鐵太郎……蔵人介の息子。いまは蘭方医になるべく、大坂で修業中。

卯三郎……御納戸払方を務めていた卯木卯左衛門の三男坊。わけあって天涯孤独の身となり、矢背家の養子となる。

綾辻市之進……幸恵の弟。真面目な御徒目付として旗本や御家人の悪事・不正を糾弾してきた。剣の腕はそこそこだが、柔術と捕縄術に長けている。

串部六郎太……矢背家の用人。悪党どもの臑を刈る柳剛流の達人。長久保加賀守の元家来だったが、悪逆な遣り口に嫌気し、蔵人介に忠誠を誓う。

土田伝右衛門……公方の尿筒持ち役を務める公人朝夕人。その一方、裏の役目では公方を守る最後の砦。武芸百般に通じている。

如心尼……元上臈御年寄。将軍家慶の正室喬子女王の世話役として支えつづけ、喬子の薨去後、落飾。御小姓組番頭の橘右近亡き後、蔵人介に密命を下している。

鬼役　三十六

金座

猫が物言う

一

十日経った。

養母《はは》の志乃《しの》は、まだ帰ってこない。

家宝の薙刀《なぎなた》を提《さ》げてふらりと出ていったきり、何処《どこ》に行ったのかもわからなかった。江戸市中や近郊に心当たりはなく、もしかしたら故郷の八瀬《やせ》に旅立ったのではないかとすら臆測された。確証があるのなら、将軍家毒味役の御役を擲《なげう》ってでも東海道を上るところだが、志乃が京に向かったという手懸かりは得られていない。

暦は芒種《ぼうしゅ》、梅雨《つゆ》の晴れ間である。

庭の立葵《たちあおい》はしゃんと茎を伸ばし、薄紅色の可憐《かれん》な花を咲かせていた。

いかけた。

「何処に行かれたのかのう」

矢背蔵人介《やせくらんどのすけ》は顔を向けるともなしに、縁側の陽だまりに寝そべる「三毛《みけ》」に問いかけた。

志乃が居なくなって身代わりのように居着いた野良猫は、性悪《しょうわる》な誰かに刃物で断たれたのであろう、尾の無い雌の三毛猫だった。「三毛」と名付け、時折、煮干しなんぞを与えてやる。話し相手にちょうどよいとおもっていたら、つれあいの幸恵《ゆきえ》に「近頃とみに独り言が多くなられましたね」と皮肉を言われた。

志乃の抜けた空白を埋めるのに、野良猫一匹では荷が重すぎる。

それでも、語りかけずにはいられない。

「養母上《ははうえ》にも捜してほしゅうない事情がおありなのであろうよ。ならば、待つしかあるまい。されど、いつまで待てばよいのやら」

わかっているのだ。居なくなった理由はひとつしかあるまい。

「痩せ男め」

蔵人介は憎々しげに吐きすてた。

痩せ男とは、蔵人介や志乃の命を執拗《しつよう》に狙う刺客のことだ。

名も素姓も目途《もくと》も判然とせず、みたままのすがたからそう呼ぶしかなかった。

顔には一本の皺《しわ》も刻まれておらず、頬の肉はそげ落ち、窪《くぼ》んだ眸子《まなこ》は虚空の闇をみつめている。そもそも、痩せ男とは死者の顔型を写しとった能面にほかならない。『善知鳥《うとう》』や『阿漕《あこぎ》』といった演目でシテが付ける。殺生《せっしょう》を重ねた宿世《すくせ》の罪業《ざいごう》におののき、地獄で藻掻《もが》き苦しむ亡者の顔とも言われていた。

刺客の顔は「痩せ男」そのものであった。

それが面なのか、顔なのかもわからない。

下男の吾助《ごすけ》によれば、古来、琵琶《びわ》湖の比良《ひら》山地に棲《す》むとされる「能面居士《のうめんこじ》」かもしれぬという。「能面居士」の正体は、邪悪な物の怪《け》に憑依《ひょうい》された修行僧であった。面が皮膚に貼りついてしまったがゆえにそう呼ばれ、夜な夜な洛中《らくちゅう》に繰りだしては人を食い殺すのだとか。

なるほど、その「痩せ男」も憐憫《れんびん》の欠片《かけら》すらみせずに多くの人を殺《あや》めてきた。体術に優れ、ふわりと宙に浮いては自在に移動し、影のように近づいてくる。あるいは、狙う相手に居竦《いすく》みの術を掛けて、いとも簡単に命を奪ってしまう。手練《てだれ》であるはずの吾助は志乃の盾となって胸を裂かれ、生死の境を彷徨《さまよ》った。幕臣随一の遣い手と評される蔵人介ですら、無拍子《むびょうし》流の「空下り」なる技で脇胴を抜かれたのだ。

咄嗟《とっさ》に躱《かわ》していなければ、地べたに小腸《ひゃくひろ》をぶちまけていたにちがいない。

正直、あれほどの手練と対峙《たいじ》したことはなかった。

おそらく、志乃は痩せ男の正体について、解きあかす端緒《たんしょ》となるような何かを摑《つか》んだのであろう。

今のところ、それ以外に消息を絶った理由らしきものはおもいつかない。

「養母上は稀《まれ》なる血筋のお方なのだ」

語りかけても、三毛はあいかわらず何ひとつ反応しない。

志乃の生まれた八瀬は洛北《らくほく》の山里で、八瀬衆は薪炭《しんたん》作りを生業《なりわい》としながら五摂家《ごせっけ》筆頭の近衛《このえ》家に仕えてきた。高貴な方々を輿《こし》に乗せて運ぶ駕輿丁《かよちょう》の役目を負い、天子がお隠れになった際にも棺を担ぎたてまつる。

閻魔《えんま》大王に使役《しえき》された鬼の子孫とも噂されるとおり、都を逐《お》われた酒呑《しゅてん》童子を祠《ほこら》に祀《まつ》りつつ、裏山の伐採《ばっさい》権を争う延暦《えんりゃく》寺《じ》からの激しい弾圧に耐えてきた。一方では隠密裡《り》に天皇家の間者《かんじゃ》としての役目を担い、かの織田信長《おだのぶなが》でさえも八瀬衆を「天皇家の影法師」と呼んで懼《おそ》れたという。

矢背家は首長に連なる家柄にもかかわらず、事情《わけ》あって数代前に洛北の地を離れざるを得なかった。しかも、皇族ではなく将軍家に仕える旗本となり、公方《くぼう》の毒味を家業としはじめたが、長らく男子に恵まれず、代々、御家人の家から文武に秀でた若者を養子に迎えてきた。

毒味のいろはを教えてくれた亡き養父にも、蔵人介自身にも八瀬衆の血は流れていない。妻の幸恵は徒目付《かちめつけ》の綾辻《あやつじ》家から娶《めと》ったおなごゆえ、大坂《おおさか》で医術を学ぶ一粒種の鐵太郎《てったろう》にも鬼の血は流れていなかった。

「ご自分の代で血脈は途絶えた。やはり、養母上はそのことを気に病《や》んでおられたのであろうか」

失踪が血脈に関わってくるのだとすれば、事はいっそう厄介な様相を呈してこよう。

「ふん、何を問うてもこたえずか」

薄目を開けた三毛は小さく欠伸《あくび》をし、気持ちよさそうに微睡《まどろ》む。

蔵人介はのっそり起きあがり、寝所のほうへ向かった。

「すっかり、三毛と親しくなられましたね」

幸恵が登城の仕度をしながら、物悲しげに笑いかけてきた。

やはり、志乃の安否《あんぴ》が心配でたまらぬのだろう。

「案ずるな。そのときになれば、養母上は戻ってこられる」

「そのときとは、いつのことにござりましょう」

蔵人介は口を結んでこたえず、銀鼠《ぎんねず》の熨斗目《のしめ》のうえに憲法黒《けんぽうぐろ》の裃《かみしも》を着けた。

堂々とした体軀《たいく》に引きしまった中高《なかだか》の面貌《かお》、腰帯に「鳴狐《なきぎつね》」と称する粟田口国《あわたぐちくに》吉《よし》を差せば、幕閣《ばっかく》のお偉方とて寄せつけぬほどの威風を放つ。

幸恵に見送られて玄関までやってくると、従者の串部六郎太《くしべろくろうた》が待っていた。

横幅のある蟹のようなからだつき、毛深い二の腕には「三毛」を抱いている。

「このとおり、拙者にも馴れております」

「眠いだけであろう」

「いえいえ、猫にも忠義者の心がわかるのでござる」

発したそばから三毛は半眼となり、串部の胸を蹴りつけた。

幸恵の足許を擦《す》り抜け、廊下の向こうへ走り去ってしまう。

「ふん、移り気なやつめ」

猫とはそういうものだ。

串部の愚痴を聞きながし、蔵人介は冠木門《かぶきもん》の外へ踏みだした。

中奥《なかおく》勤めの小役人が多く住む牛込《うしごめ》の御納戸町《おなんどまち》には、狭苦しい武家屋敷が隙間無く並んでいる。それでも、今日は午後からの出仕ゆえか、裃姿の侍はひとりも見当たらない。

「殿、金座《きんざ》の周囲をそれとなく探ってはおりますが、今のところ面を付けた怪しげな者の出入りはございませぬ」

「さようか」

「ひきつづき探ってはみますが、まことに大奥さまは痩せ男のことで消えてしまわれたのでしょうか」

「わからぬ。されど、それ以外におもいあたることもない」

痩せ男の消息を摑めば、志乃をみつけられるかもしれぬ。一縷《いちる》の望みをかけて、串部に難しい探索を命じていた。信頼のおける公人朝夕人《くにんちょうじゃくにん》の土田伝右衛門《つちだでんえもん》から、痩せ男は金座支配の後藤三右衛門《ごとうさんえもん》に雇われているとの情報を得たからだ。

「いっそのこと、拐《かど》わかして口を割らせますか」

それができぬことは、気の短い串部でもわかっているはずだ。

世評によれば、後藤三右衛門は剃刀《かみそり》のごとく頭の切れる人物らしい。今をときめく筆頭老中《ろうじゅう》の水野越前守忠邦《みずのえちぜんのかみただくに》からも絶大な信用を得ており、天保小判《てんぽう》ばかりか天保銭をも大量に発行する役目を担っている。悪貨を濫造《らんぞう》することの善し悪しはさておき、確証も無いままに手荒なまねをして、人々の暮らしを支える金の流れを滞らせるわけにはいかなかった。

ふたりは浄瑠璃坂《じょうるり》を下って市ヶ谷御門を抜け、番町《ばんちょう》の露地や麹町《こうじまち》の大路をたどって濠端《ほり》へ行きあたった。

桜田濠《さくらだ》沿いには丈の高い皀莢《さいかち》が茂り、石垣や水面の景観を阻んでいる。

しかし、蔵人介は皀莢の価値をよく知っていた。豆果《とうか》は痰《たん》を切ったり尿を促す生薬《しょうやく》となり、棘《とげ》は腫れ物の膏薬《こうやく》として利用される。莢《さや》を水に浸けて揉めば布の汚れを落とす洗液になるので、秋には長屋の嬶《かか》ぁたちが挙《こぞ》って採りにきた。木材は家具や薪炭の材料になり、豆は子どもが喜ぶおはじきになる。しかも、若芽や若葉は食べられるので、これほどありがたい木もなかった。

皀角河岸《さいかち》を抜けると、左手下方に碧色《あお》の濠が広がってみえた。

縁の石垣を目でたどれば、高みに西ノ丸の伏見櫓《ふしみやぐら》が聳《そび》えている。

主従は日比谷濠《ひびや》の手前で橋を渡り、外桜田《そとさくらだ》御門を抜け、左手に二重《にじゅう》橋を遠望しつつ、西御丸下《にしおまるした》の大名小路を進んだ。さらに、西ノ丸の石垣と御殿群の甍《いらか》を左手に仰ぎ、蛤《はまぐり》濠に行きあたったところで右手に折れる。しばらく進んで角を左に曲がれば、正面に本丸《ほんまる》御殿へとつづく内桜田《うちさくらだ》御門がみえてきた。

やはり、登城の刻限から外れているため、ここにも役人らしき者の人影はない。

串部と別れて橋を渡っていくと、顔見知りの門番に声を掛けられた。

「矢背蔵人介さま、お呼び止めして申し訳ございませぬ」

「ん、どうされた。たしか、水巻勇次郎《みずまきゆうじろう》どのであられたな」

「それがしの名をご存じであられましたか」

「ふむ、十数年前に一度名乗られたことがあったゆえな」

「失念しておりました。それにしても、それがしのごとき軽輩《けいはい》の名をおぼえておいてくださったとは」

「いつも変わらぬ笑顔で挨拶していただける。登城する者にとってはその笑顔が何よりの励みになるし、下城する者にとっては癒《い》やしになる」

「もったいないおことばにござります。じつは、本日をもって役を離れることと相成りました。それゆえ、ご挨拶をと」

「さようか。ときに、何年勤められた」

「二十二で出仕した折から、ちょうど四十年になります」

「それはそれは、長きにわたり、ご苦労さまでござった」

蔵人介が腰を折るほど頭を下げると、水巻は慌《あわ》てて駆け寄ってくる。

「お止《や》めくだされ。それがしごときに、もったいのうござります」

「いいや、これしきのことしかできぬゆえな。隠居されても、おからだだけはご自愛なされよ」

「かたじけのう存じます」

水巻の給金はたぶん、十五俵一人扶持《ぶち》程度にすぎぬ。蔵人介も二百俵《ぴょう》取りの貧乏旗本だが、御家人の門番とは暮らし向きに雲泥《うんでい》の差があった。それでも礼を尽くして尊敬の念をしめす理由は、禄高や身分の差より大事なものがあるとおもうからだ。

「矢背さま、本日も御役目、ご苦労さまにござります」

「ふむ。さればこれにて」

水巻の笑顔に会えなくなるのは淋しいが、これも時の流れとあきらめるしかない。

蔵人介は厳《いか》めしい御門を潜《くぐ》り、後ろ髪を引かれながらも、玉砂利の敷きつめられた道を踏みしめた。

二

中奥、笹之間《ささのま》。

対座する相番《あいばん》の逸見鍋五郎《はやみなべごろう》が、緊張の面持《おもも》ちでみつめている。

蔵人介は静かに目を閉じ、みずからを明鏡止水《めいきようしすい》の境地へ導いていった。

すでに、一ノ膳の毒味は済んでおり、面前には公方家慶《いえよし》に供する二ノ膳が置かれている。

汁は一ノ膳の鯉《こい》こくから鯨汁《くじらじる》に替わり、魚の皿には旬の穴子《あなご》蒸しと蝦蛄《しやこ》の具足《ぐそく》煮、さらには〆鯖《しめさば》なども並んでいた。もちろん、鯖は格別に活《い》きのよい魚を使っている。眼球が青く澄み、腹のしっかりとした鯖だ。これを三枚におろし、すがたが埋まるほどの強塩《ごうじお》にしてしばらく置き、浅めに一刻《いつとき》（約二時間）ほど酢に漬ける。食さずとも味はわかっていた。美味いにきまっているのだ。

光沢のある皮をちょろりと嘗《な》めれば、毒の有無は判別できる。

まんがいち毒があるとわかっても、箸を措《お》くことはできない。

――毒味役は毒を啖《くろ》うてこそのお役目。河豚《ふぐ》毒に毒草に毒茸《きのこ》、なんでもござれ。死なば本望《ほんもう》と心得よ。

それが先代の信頼《のぶより》から教えこまれた家訓であった。

蔵人介は豁然《かつぜん》と眸子を開き、鯨汁の椀を手に取る。

椀の縁を口許に近づけ、汁をほんの少しだけ啜《すす》った。

美味いともおもわない。そうした感情は抱かぬように、みずからに暗示を掛ける。

鯨汁の作り方は細部まで脳裏に描くことができた。汁の実にするのは尾羽《おば》の肉だ。適度な大きさに切って笊《ざる》に並べ、さっと熱湯を掛ける。そして、霜晒《さら》しにしたのち、臭みを消す葱《ねぎ》や牛蒡《ごぼう》などと合わせて味噌汁仕立てにするのである。

毒はふくまれていないと判断し、蔵人介はことりと椀を置いた。

さらに、懐紙《かいし》を取りだして鼻と口を隠し、膳にずらりと並んだ料理の毒味をおこなうべく、自前の竹箸を器用に動かしはじめる。

このとき、睫毛《まつげ》の一本でも料理に落としてはならない。息がかかるのも不浄とされるため、箸で摘《つま》んだ切れ端を口へ運ぶだけでも気を遣う。一連の動作をいかに素早く的確におこなってみせるか、それこそが毒味役の優劣を決める尺度にほかならなかった。

蔵人介の所作《しょさ》は見事なまでに洗練されている。優美というよりほかになく、静謐《せいひつ》な湖面に舞いおりた一羽の丹頂鶴《たんちょうづる》を想起させた。

膳に並ぶ猪口《ちょく》には、勢州《せいしゅう》産の鯔《ぼら》の子を胞《ほう》のまま干して作った唐墨《からすみ》も見受けられる。あるいは、鰹《かつお》の腸《わた》で作った酒盗《しゅとう》や鮎《あゆ》の腸や卵巣を塩漬けにしたうるかもあった。それらはすべて、酒好きな家慶の好物にほかならない。

箸先に擦《こす》りつけたうるかを嘗めると、独特の苦味が口のなかにひろがった。

ほうら、来たぞ。

耳許で死に神に囁《ささや》かれる。

無論、覚悟は決めていた。

――毒味役は死の影を纏《まと》う。

それが宿命ならば潔く受けいれよと、先代には厳しく説かれた。

死と隣り合わせの役目であることを矜持《きょうじ》とし、淡々として汁を啜り、箸先を嘗め、孤高のおもむきで魚の骨を取る。

常人にできぬ役目を全《まっと》うするには、心に鬼を棲まわせておくしかない。

それゆえ、毒味役はみなから畏敬《いけい》の念をもって「鬼役」と称されるのだ。

蔵人介は紛《まご》うことなき「鬼役」として、先代の教えを守りつづけてきた。

おもいすごしか。

うるかは、ただのうるかだった。毒はふくまれていない。

蔵人介は表情ひとつ変えず、静かな闘いをおこなっている。

毒味も終わりに近づくと、大皿に盛られた鯛《たい》の尾頭《おかしら》付きが運ばれてきた。

竹箸の先端で丹念に骨を取り、原形を保ったまま身をほぐさねばならぬ。

頭、尾、鰭《ひれ》の形を変えずに骨を抜きとるのは、熟練を要する至難の業《わざ》だ。

最大の関門とも言うべき骨取りを、蔵人介はいとも簡単にやってのけた。

「ふう」

つくねのような顔の逸見が、詰めていた息を吐きだす。

婿養子の子だくさんで、無役の小普請組《こぶしんぐみ》から幸か不幸か笹之間へ寄こされた男だ。

「無事に終えられましたな。いつもながら、見事なお手並みにござった」

蔵人介はことばも返さず、懐紙で口許をそっと拭く。

逸見は真剣な面持《おもも》ちで喋りつづけた。

「先日、矢背さまは仰《おっしゃ》いましたな。鬼役のなかには、かつて毒を啖うて悶死《もんし》した者もあったと。それればかりか、この部屋で相番を刃に掛けたこともあると言われた。その者はいったい、どのような粗相《そそう》をしてしまったのか、お聞かせ願えませぬか」

公方に毒を盛ろうとしたのだ。が、蔵人介は押し黙ったまま、余計なことを口にしない。

逸見は顔をしかめた。

「いざというときは、落ち度のあった相番を成敗《せいばい》せねばならぬ。それが笹之間の定法《じょうほう》というのならば、したがわねばなりませぬ。されど、それがしにはとうてい、できそうにありませぬ。相番を斬りすてることなど、できるわけがない」

「できぬと申すなら、御役目を辞すがよい」

「えっ」

「当然であろう。相番を斬りすてるのも御役目のうちと心得よ。さもなければ、鬼役はつとまらぬ」

逸見が口を噤《つぐ》んだところへ、小納戸方《こなんどかた》があらわれた。

まだ若い。二十歳を過ぎたばかりであろう。

恭《うやうや》しく一礼し、毒味を終えたばかりの膳を運んでいった。

さげられた膳は「お次《つぎ》」と呼ばれる隣部屋へ持ちこまれ、汁物は炉《ろ》で温めなおし、ほかの料理は椀や皿に盛りなおす。さらに、梨子地金蒔絵《なしじきんまきえ》の懸盤《かけばん》に並べかえられ、美濃《みの》産の銀舎利《ぎんしゃり》が詰まったお櫃《ひつ》ともども、公方の待つ御小座敷《おこざしき》へ運ばれていく。

中奥東端の御膳所から西端の御小座敷までは遠く、小納戸方は御座之間《ござのま》と御休息之間《ごきゅうそくのま》を右手にみながら長い廊下をわたっていかねばならない。もちろん、懸盤を取りおとしでもしたら首が飛ぶ。滑って転んだ拍子に汁まみれとなり、味噌臭い首を抱いて帰宅した若侍もいた。

「汁椀が鯨の脂で滑らねばよいですな」

逸見は冗談半分に囁くが、長らく笹之間に詰めていれば、予期せぬ不幸に出会《でくわ》すことはある。一見すると絢爛《けんらん》華麗な城内も、じっくり眺めてみれば随所に血腥《ちなまぐさ》い出来事の痕跡が見受けられた。

若い配膳係が居なくなると、話し好きの逸見は身を乗りだしてくる。

「猫の物言うなる噂はご存じか」

唐突な問いかけに応じる術《すべ》もないが、猫というのが引っかかる。「三毛」をおもいだしたのだ。

「化け猫ではありませぬぞ。四谷《よつや》大木戸そばの養珠院《ようじゅいん》に居着く三毛猫が『境内に植わる南天《なんてん》の実を煎じて呑めば、たちまちに咳が止まり、腫れ物も失《う》せる』と、人のことばで喋ったというのでござる。まあ、よくある風説のたぐいであろうと、それがしも当初は眉に唾を付けておりましたが、噂の勢いはとどまるところを知らぬようで」

物を言う三毛猫によれば、養珠院の御堂に安置された奪衣婆《だつえば》像に詣でて祈禱《きとう》をお願いしたところ、何と瘡《かさ》に罹《かか》って死にかけていた女郎が快癒したというのだ。

「それだけではござらぬ」

舌の付け根が腫れる蝦蟇腫《がましゅ》に悩まされていた商人が祈禱を頼むと、腫れ物は嘘のように消えてしまったとか、堂宇《どうう》に忍びこんだ盗人が法力で捕まったとか、近所の小火《ぼや》が揉み消されたとか、幼子の夜泣きが治ったとか、奪衣婆がありとあらゆる効《こう》験《げん》をもたらしてくれる。

そんなはなしが三毛猫の口を通して伝わり、絵入りの読売《よみうり》にもなったらしい。

「矢背さまはご存じないのでござるか」

小莫迦《こばか》にしたような顔を向けられても、別に知りたくもないので何ともおもわぬ。

「ちなみに、奪衣婆さまの拝観料は銭百文《もん》にござります」

高い。拝観料の相場は、せいぜい銭十二文程度であろう。しかも、御膳料と呼ぶ祈禱料にいたっては、相場が銭百文のところ銀十匁《もんめ》も払わせられる。それどころか、祈禱は十日以上待たねばならぬと告げられ、すぐに祈禱してほしければ金一分《ぶ》から二分も要求されるらしかった。

もはや騙《かた》りに等しいが、それでも祈禱を頼む者は後を絶たず、今や養珠院の参道はご利益《りやく》を願う人々で立錐《りっすい》の余地もないほどだという。

「じつは、それがしも祈禱をお願いいたしましてな。笹之間へ移ってから、抜け毛がめだつようになりまして。猫でもないのに櫛で髪を梳《す》くごとに、ごっそり毛が抜けてしまいます。このままでは髷《まげ》すら結えなくなるやもと秘かに悩んでおったので、縋《すが》るようなおもいで閻魔堂の奪衣婆さまを拝んだところ、抜け毛がぴたりと止みました。つれあいも驚いて、さっそく願い事をあれこれ探そうとする始末、矢背さまも何か悩み事がおありなら……」

「いや、けっこう」

蔵人介はきっぱり拒絶し、刃物のような眸子《まなこ》で睨《にら》みつける。

逸見ははなしの接《つ》ぎ穂《ほ》を失い、それ以上は喋りかけてこなくなった。

三

奪衣婆は三途川《さんずのかわ》で六文銭を持たずにきた亡者の衣を剝《は》ぎとる。胸元をはだけて肋骨《あばらぼね》を晒す老婆として地獄絵などに描かれ、魁偉《かいい》なすがたのまま木像にもされた。

養珠院の木像は丈《たけ》七尺を超える大きさで、極彩色《ごくさいしき》に塗られているという。

祈って志乃が戻ってくるのなら、いくらでも祈るし、高い祈禱料も払う。

だが、風説に踊らされるほど愚かではない。

翌日は朝から小雨になった。

蔵人介は串部をともない、灰色に沈む日比谷濠沿いの土手道を歩いている。

「蛇の目をさすほどでもありませぬな」

「ふむ」

外桜田の大名屋敷を右手に眺めて進むと、日比谷御門の手前に流麗な唐門《からもん》の際立つ御殿がみえてきた。

桜田御用屋敷である。

口さがない連中から「おしとねすべり」などと揶揄《やゆ》される元側室たちが大奥《おおおく》から移り住む隠居先だった。かつて栄華を誇った御殿女中たちの多くは誼《よしみ》を交わした将軍の菩提《ぼだい》を弔うべく落飾《らくしょく》しており、身のまわりの世話をする下女たちともども部屋ごとに分かれて暮らしている。そのため、巷間《こうかん》では「城外の大奥」とも呼ばれていた。

「串部よ、訪れるのは何度目になろうかな」

「はて、四度目になりましょうか」

白い粉と黒い粉を嘗めさせられ、毒の正体を教えてほしいと験《ため》されたこともあった。そのときは滞りなくこたえたが、毒は奥が深い。まんがいち難題を吹っかけてくるようなら、知りあいの薬師《くすし》を連れていくしかあるまい。

外桜田御門を出るや、遠くのほうから華厳《けごん》経が聞こえてきた。

――一即一切《いっそくいっさい》、一切即一、一入一切《いちにゅういっさい》、一切入一……。

いつもなら若い尼僧《にそう》があらわれ、さり気なく六文銭を手渡されるのだが、今日は尼僧のすがたをみていない。

「密命ではありませぬな。ただ会いたいということにござりましょうか」

わからぬ。いずれにしろ、厄介事を頼まれるにちがいない。

蔵人介は鬼役でありながら、裏では邪智奸佞《じゃちかんねい》の輩《やから》に引導《いんどう》を渡す密命を帯びていた。

ただし、長らく命を下してきた御小姓組番頭《おこしょうぐみばんがしら》の橘右近《たちばなうこん》は半年余りまえ、みずからの信念にしたがい、内桜田御門前で自刃《じじん》を遂げた。

橘の遺志を継いだのは、桜田御用屋敷の差配を任された人物である。

隠号は如心尼《にょしんに》、大奥で筆頭老女までつとめた万里小路局《までのこうじのつぼね》にほかならない。

大納言池尻暉房《いけがみてるふさ》の娘として京に生まれ、家慶の正室である喬子《たかこ》女王の世話役として支えつづけ、家慶が将軍になると将軍付きの上臈御年寄《じょうろうおとしより》に昇進した。それから三年近くも大奥の差配を担ったのち、喬子の薨去《こうきょ》の後に落飾し、惜しまれつつも城外へ転じていた。

野に下っても大奥の女中たちから「までさま」と慕われている。公方家慶からも「橘右近の遺志を継ぐべし」との御墨付きを貰っている以上、蔵人介とて無下《むげ》にはできず、下された密命にしたがわぬわけにはいかない。

ただ、如心尼を信用しきっているわけではなく、密命の内容によっては拒もうと心に決めていた。

ふたりは屋敷の脇道から裏手へまわり、粗末な木戸を潜りぬける。

すると戸口のそばに、色白の尼僧と猿顔の御庭之者《おにわのもの》が待ちかまえていた。

いずれも如心尼の忠実なる僕《しもべ》で、若い尼僧の里《さと》は間諜の役目を負っている。華厳経を唱えながら六文銭を手渡すのも役目のひとつだが、秘かに「夜舟《よぶね》」というふたつ名を持つ刺客でもあった。

一方、小籔半兵衛《こやぶはんべえ》なる御庭之者については、最近になって秘されていた素姓が判明した。数年前までは名古屋城の御土居下《おどいした》同心であったが、与えられた役目を果たすことができずに逃亡し、如心尼のもとで仕えるようになった。ところが、今からひと月半前、ひょんなことから主家筋の元支配に遭遇し、激闘のすえに右腕を失った。元支配を討った蔵人介には、ひとかたならぬ恩を感じているはずだ。

「さあ、こちらへ」

隻腕《せきわん》となった半兵衛に導かれ、瓢簞《ひょうたん》池に架かった朱の太鼓橋を渡り、竹垣に囲まれた柿葺《こけらぶ》きの庵《いおり》へ向かう。

「されば、こちらからはおふたりで」

「ふむ」

戸を開けて敷居をまたぎ、奥行きのある廊下を何度か曲がると、坪庭をのぞむ離室《はなれ》へたどりついた。

いつの間にか里が先着しており、床の間に霞棚《かすみだな》の設《しつら》えられた八畳間へ導かれる。

下座に腰を下ろすと、掛け軸に描かれた観音菩薩が目に飛びこんできた。

手前の花入れには、庭で摘んだばかりの紫陽花《あじさい》が大胆に生けてある。

「何やら、人の首にみえますな」

串部は柄にもなく恐がり、里にくすっと笑われた。

廊下に衣擦《きぬず》れの音が近づき、襖《ふすま》障子の隙間から白檀《びゃくだん》の香が迷いこんでくる。

面前にすがたをみせたのは、福々しい面立ちの尼僧であった。齢《よわい》は四十に届かぬほどであろうか、立ち居振る舞いに高貴な女官の持つ品格を感じさせる。

「香煎《こうせん》を」

唄うような声で命じられた里が、堆朱《ついしゅ》の膳に湯呑みを載せて運んできた。

炒り米に陳皮《ちんぴ》と粉山椒《こさんしょう》、さらに香りの強い茴香《ういきょう》をくわえた茶であろう。

湯気の香りを嗅いだだけで晴れやかな気分になり、呑めば嘘のように疲れが取れる。

串部も呑みたそうにしたが、蔵人介のぶんだけしか運ばれてこない。

里が音も無く退出すると、如心尼はおもむろに口を開いた。

「すでに存じおることとおもうが、密命を授けるために呼んだのではない。梅雨闇の鬱陶《うっとう》しさを紛らわすべく、茶呑み話でもしたいとおもうてな」

「茶呑み話にござりますか」

「嫌か、わらわとはなすのが」

「……い、いいえ」

「ほほ、正直な御仁じゃ。まっぴら御免と、顔に書いてあるわ。ときにそなた、いくつで矢背家の養子になった」

「十一にござります」

「それまでは、御天守番《ごてんしゅばん》をつとめた御家人の嫡子であったとか」

「いかにも」

父の叶孫兵衛《かのうまごべえ》はありもせぬ千代田《ちよだ》城の天守を守りつづけ、隠居したあとは御家人株を売って小料理屋の亭主におさまった。が、今から二年と四月前、薩摩《さつま》藩の抜け荷に絡む密事に巻きこまれ、帰らぬ人となった。

そのとき、密事のからくりがあばかれると同時に、幕府の隠密であった孫兵衛の隠された過去と蔵人介の出生に関わる秘密も露見した。

薩摩と肥後《ひご》の国境にあった逃散《ちょうさん》の村で、泣きもせぬ幼子がひとり置き捨てにされていた。孫兵衛は関所を越える偽装もあってその子を拾い、どうにか関所を越えたあと、東海道を下る道中で何度もその子を捨てようとした。が、どうしても捨てられず、自分の子として育てることに決めたのだ。

遠い記憶が甦ってきた。百姓たちに見捨てられた国境の村で拾われた幼子は、なるほど、自分だったのかもしれない。たとえそれが真実であったとしても、蔵人介にとって孫兵衛は「実父」でありつづけた。

もちろん、如心尼は孫兵衛と幼子の関わりを知らぬであろうし、知る必要もない。

「跡目《あとめ》相続はたしか十七、家斉《いえなり》公への御目見得は二十四であったな」

「はい」

矢背家の養子となり、厳格な養父に仕込まれたのは毒味の作法だけではなかった。

――鬼役には為《な》すべきことがある。ひとたび密命が下されれば、悪辣《あくらつ》非道な奸臣《かんしん》どもを成敗せねばならぬ。

嫌々ながらも、刺客としての技倆《ぎりょう》と心構えを叩きこまれたのだ。

如心尼は首をかしげる。

「橘さまより、そなたの養母である志乃どのは密命をご存じないと聞いた。わからぬのはそのことじゃ。そもそも、幕府より奸臣成敗の密命を授けられたは、矢背家の者であったはず」

矢背家の者に密命が下されることになった理由は、橘右近が亡くなる直前に知った。近衛家に仕えてきた八瀬衆の首長に連なる家の当主がどうして徳川《とくがわ》家の将軍毒味役に転じねばならなかったのか、橘自身が順を追って経緯《いきさつ》を語ってくれたのだ。

どうやら、如心尼も同じようなはなしを聞いたらしい。

「幕府開闢《かいびやく》当初、大権現家康《だいごんげんいえやす》公は徳川宗家を縁の下で支える者として、策《さく》をもって仕える家と剣をもって仕える家、さらには間《かん》をもって仕える家を定めなされた。そうであったな」

「はい」

策をもって仕えよと命じられたのが橘家、間をもって仕えることとされたのが将軍の尿筒《しとづつ》を持つ公人朝夕人の土田家であった。一方、当初から剣をもって仕えたのは、宮中との橋渡し役を担う高家《こうけ》の吉良《きら》家であったという。

ところが、赤穂《あこう》浪士の討ち入りで吉良家は改易《かいえき》とされた。それゆえ、代わりを探さねばならず、徳川家とは縁の薄い矢背家に白羽《しらは》の矢が立った。

今から百四十年もまえのはなしである。

「橘家の御当主に矢背家を推挙なされたのは、そのとき筆頭老中であられた秋元但馬守喬知《あきもとたじまのかみたかとも》さまであったとか」

八瀬衆は長年にわたって、延暦寺《えんりやくじ》と裏山の境界争いをしてきた。潮目となったのは織田信長の下した裁定である。信長は八瀬衆の間諜能力を懼《おそ》れたのか、八瀬郷の特権をみとめる安堵状《あんどじょう》を与えた。さらに時代は下って、徳川の世になった当初も、後陽成《ごようぜい》天皇は八瀬郷の入会《いりあい》と伐採《ばっさい》に関する特権を旧来どおりにみとめる綸旨《りんじ》を下した。

にもかかわらず、境界争いは燻《くすぶ》りつづけ、延暦寺の公弁法親王《こうべんほっしんのう》が天台座主《てんだいざす》に就任すると、鋭い舌鋒《ぜっぽう》をもって幕府にはたらきかけ、八瀬衆を寺領および隣地から排除する旨《むね》を幕府にみとめさせた。

「薪炭を生活の糧《かて》にする八瀬の民にとって、裏山の伐採権を奪われることは死を意味する。それゆえ、何度となく特権の正当性を訴えたが、ときの幕府は取りあわなんだ」

ようやく決着をみたのが、秋元但馬守が筆頭老中になったときだった。延暦寺の寺領をほかに移し、旧寺領と村地を禁裏《きんり》領に付け替えることで八瀬郷の入会権を保護するという見事な裁定を下したのだ。八瀬衆はその恩に報いるため、秋元喬知を祭神とする秋元神社を建立《こんりゅう》し、毎年秋になると「赦免地《しゃめんち》踊り」と呼ぶ踊りを奉納するようになった。

「そこまでは美談じゃ。なれど、はなしは終わらぬ」

秋元但馬守は、綱吉《つなよし》公、家宣《いえのぶ》公と二代にわたって仕え、江戸城三ノ丸の築城や寛《かん》永《えい》寺《じ》中堂の建立、地震で壊滅に瀕《ひん》した江戸の復興などに辣腕《らつわん》をふるった。将軍綱吉に講義をおこなうほどの博識をもって知られた名君だが、したたかな面も持ちあわせていた。

八瀬衆の入会権をみとめる代償として、隠密裡に取引を持ちかけたのである。

「首長に連なる家の当主を江戸へ送り、徳川家を陰で支える役目を負わせようとしたのじゃ」

密約は但馬守と渡りあった当時の長老しか知らぬ。江戸へ行かされたのは、志乃の四代前にあたる矢背家の女当主であった。橘家の当主に身柄を預けられ、徳川家への忠誠を誓わせられたのち、御家人の家から婿を取って一家を立て、将軍家毒味役の地位に就いた。

「橘さまによれば、毒味役に就きたいと願ったのは、御当主のほうであったらしい。徳川家に仕える覚悟のほどをしめすべく死と隣りあわせの役目を選んだとも、鬼を奉じる誇り高き山里の民として鬼の名が冠された役目を選んだとも伝えられている。興味深い逸話じゃ。されど、橘さまも真実はわからぬと仰った」

毒味は表の役目で、裏にまわれば密命を果たさねばならぬ。幸か不幸か、矢背家には男の子が生まれず、御家人の家から文武に秀でた男子を養子に迎え、婿となった者はおのずと奸臣成敗の役目を担うようになった。家人にも漏らさぬようにと厳命されたがゆえに、やがて、八瀬衆の血を引く女たちは本来の役目を忘れていった。

志乃もおそらくは知らぬ。正直にすべてを告げるべきだとおもいつつも、蔵人介は踏みきることができなかった。裏の役目を辞す決断ができるまでは黙っていようと、心に誓っていたのだ。

如心尼は志乃の人となりとともに、そのあたりの内情を知りたがった。

だが、蔵人介は貝のように口を閉ざし、ひとことも喋らなくなった。

気まずい空気が流れたとき、襖障子の向こうに人の気配が立った。

「御屋形《おやかた》さま、お連れいたしました」

里の呼びかけに、如心尼が反応する。

「よろしい、はいっていただきなさい」

どうやら、茶飲み話だけではなかったようだ。

遠慮がちにあらわれたのは、黒い布で顔の下半分を隠した女性《にょしょう》であった。

四

如心尼は気を遣い、わざわざ自分が座っていた上座に女性を導く。

女性は拒む仕種《しぐさ》をみせたが、根負けしたように膝をたたんだ。

「わらわの姉上じゃ」

名は「琴《こと》」というらしい。

蔵人介が平伏《ひれふ》すと、如心尼はこほっと咳払いをする。

「高貴なお方にお仕えし、洛中に住んでおられたが、半月ほどまえに江戸へ下ってまいられた。京に居場所を失ってのう」

蔵人介が顔を持ちあげても、琴はじっと目を伏せている。

まるで、暗い洞穴の奥底をみつめてでもいるかのようだ。

「わらわを頼ってくれればよかろうに、姉上は江戸に下ったことすら何日も隠しておられた。迷惑をかけたくないお気持ちゆえか、今も向島《むこうじま》の草庵に老いた侍女とふたりで暮らしておられる」

如心尼は涙ぐみながら、琴のほうに向きなおる。

「姉上、そこな矢背蔵人介は信のおける者にござります。さあ、布をお取りくだされ」

琴はうなずきもせず、黒い布を静かに取った。

後ろに侍《はべ》る串部が、声にならぬ呻《うめ》きを漏らす。

蔵人介も顔には出さぬが、動揺を禁じ得ない。

琴の顔は、口から下が極端に肥大していた。

「奥医師によれば、蝦蟇腫という病らしい」

如心尼の言うとおり、なるほど、顎下に大きな瘤《こぶ》が垂れた様子が肥えた蝦蟇を連想させる。

「あのようになられて、かれこれ三年になる。瘤は大きゅうなるばかりでな、どうやら舌の付け根が腫れて膿《うみ》が溜まるらしいのじゃが、宮中に仕えるお匙《さじ》どもですら匙を投げおった」

人々の好奇な目に晒されるのを恐がり、琴は拝領屋敷の離室で引きこもるようになった。されど、そもそもは人と接するのが好きな性分ゆえ、途轍《とてつ》もない孤独に耐えかね、決死のおもいで妹の居る江戸へ下ることにしたのだという。

「姉上は洛中にあって、かつては虞美人《ぐびじん》にも喩《たと》えられるほどの美貌を誇っておられた。言い寄る殿御も両手に余るほどでのう。それが何の因果か、かような病に冒されてしまった。わらわも知るかぎりの伝手《つて》をたよって奥医師に連絡《つなぎ》を取り、秘かに診てもろうたが、治療できる者はひとりもおらなんだ。気鬱《きうつ》となった姉上は神仏のご加護に縋《すが》るよりほかになくなり、このところ巷間で評判の噂話を信じてしまわれた。それ、例の、猫が人のことばを喋るという噂じゃ」

蔵人介は、ぐっと眉間に皺を寄せる。

「養珠院の奪衣婆にござりまするか」

「さよう。熱心に拝めば、あらゆる腫れ物は除くことができるという、あれじゃ」

琴は人目を忍び、養珠院へ何度も足を運んだ。

住職から促されるままに祈禱をおこなったところ、要求される御膳料は回を重ねるごとに、五両、十両、十五両、三十両と増えつづけ、ついには百両を超える法外な御膳料を求められるまでになった。

「もはや、騙りじゃ。御膳料を渋れば、風体《ふうてい》の怪しい連中までけしかけてくる。よいカモとおもうておるのであろう。借りさせてでもお金をふんだくる浅ましい魂胆《こんたん》じゃ。いずれにせよ、百両も払ってしまえば、早晩、姉上の貯えは尽きてしまいかねぬ。そこでな、おぬしの出番というわけじゃ」

蔵人介は首を捻《ひね》った。

騙りをやる売僧《まいす》のひとりやふたり、如心尼の力をもってすれば排除することは難しくなかろう。

「それがな、容易《たやす》いはなしではないのじゃ」

天佑《てんゆう》なる住職はしたたかな男で、里に探らせても尻尾《しっぽ》を出さない。

「寺社奉行のほうにも探りを入れてみたが、ゆるゆるとした返答しかもらえず、いっこうに埒《らち》があかぬ。邪推の域を出ぬが、ひょっとすると、寺社奉行の配下が一枚嚙んでおるのやもしれぬ」

寺社奉行を任された大名は三人いる。ひとりは下野《しもつけ》宇都宮《うつのみや》藩七万七千石を領する戸田日向守忠温《とだひゅうがのかみただよし》、ふたり目は信州上田《しんしゅううえだ》藩五万三千石の松平伊賀守忠優《まつだいらいがのかみただます》、そして三人目は備後福山《びんごふくやま》藩十万石を司《つかさど》る阿部伊勢守正弘《あべいせのかみまさひろ》であった。いずれも若くて賢いと評判の藩主たちで、幕府を背負ってたつ老中になるだろうとも言われている。

「養珠院を取締まる寺社奉行は、どなたさまにござりますか」

蔵人介の問いかけに、如心尼は低声《こごえ》で応じた。

「阿部伊勢守じゃ」

齢は二十四にすぎない。ちょうど三年前、奏者番《そうしゃばん》から寺社奉行見習いになり、半年後に寺社奉行になった。寺社奉行は難しい案件を手掛けていた。感応寺《かんのうじ》の仕置きである。よく知られているのは富くじ興行の催される谷中《やなか》感応寺だが、そちらは事情あって天王寺《てんのうじ》に改称され、感応寺の名跡は日啓《にっけい》という日蓮宗の僧が継ぎ、幕府の肝煎《きもい》りで目白《めじろ》の鼠山《ねずみやま》に荘厳華麗な一大寺院を築いた。

ところが、日啓は大御所家斉の寵愛《ちょうあい》を受けたお美代《みよ》の方の実父だった。とんでもない食わせ者で、日啓はお美代の方を使って家斉に取り入り、巨大な寺院を建立させたのである。地位の高い御殿女中たちも参詣するようになると、寺院の権威はいやが上にも増していった。が、栄華に溺れた日啓は世俗の垢《あか》にまみれ、臆面も無く我欲を貪《むさぼ》りつづけた。

強力に「改革」を推進する水野忠邦としては、日啓の目に余る行状を放っておけなくなった。家斉が没すると、さっそく勢いのある阿部正弘に感応寺の手入れをおこなわせたのである。

日啓は女犯《にょぼん》の罪で捕縛され、遠島の沙汰を下されてすぐに牢死した。感応寺は破却となり、跡形もなくなったものの、阿部伊勢守は家斉公の非が表沙汰になるのを避け、大奥の処分をごく一部に留めた。巧みな裁定は今将軍の家慶に褒められ、伊勢守は次代を担う人物として期待されるようになった。

公方家慶のお気に入りだけに、さすがの如心尼も伊勢守の周辺を無理に突っつけぬのだろう。

「養珠院の売僧が好き放題できるのは、権威の後ろ盾があってのことじゃ。かならず、黒幕となる者が控えておろう。それが誰なのか、おぬしの目で見極めてほしい」

見極めたさきのことを、如心尼は決めかねているらしかった。

まんがいち、阿部伊勢守の配下ならば、秘かに自浄を促す手もあるからだ。

「いずれにしろ、姉上は養珠院から、さらなる祈禱を促されておる。おぬしは姉上に付き添い、天佑なる住職の面相を拝んできてくれぬか」

要は、用心棒代わりに使われるということだ。

応じかねていると、琴が蚊の鳴くような声を漏らす。

「お頼み申します。わらわを守ってたもれ」

抗《あらが》い難いものを感じ、蔵人介は首肯《しゅこう》した。

琴はほっと安堵し、黒い布で口許を隠す。

そのとき、ほんの一瞬、眼差《まなざ》しをこちらに向けた。

刹那《せつな》、ひくっと喉を鳴らし、驚いたように眸子を瞠《みは》る。

「姉上、どうなされた」

如心尼も異変に気づき、身を乗りだす。

「……い、いえ、何でもない」

琴は必死に否定し、ふたたび、目を伏せてしまう。

何故《なにゆえ》に驚いたのか、即座に問うべきであったかもしれない。

だが、蔵人介は黙っていた。心の底から信用されぬかぎり、はなしてはもらえぬと察したからだ。

「姉上、お気づきのことがござれば、遠慮のう仰いませ」

如心尼は食いさがる。

「矢背蔵人介は、将軍家のお毒味役にござります。以前に何処かで会ったことがおありなのですか。それとも……」

「何でもない」

琴はことばに意志を込め、如心尼から促されるまえに立ちあがった。

そして、動揺の余韻《よいん》を引きずったまま、部屋から出ていってしまう。

「困ったのう。以前は朗《ほが》らかな姉上であったに、病のせいですっかり気難しくなっておしまいじゃ」

如心尼は深々と溜息を吐《つ》き、姉のあとを追うようにいなくなる。

蔵人介は格天井《ごうてんじょう》を睨《にら》み、洛中の御所から眺めた風景をおもいだしていた。

御所の一隅から錦繍《きんしゅう》に彩られる東山《ひがしやま》連峰を仰いだのは、一昨年の冬であった。

運命の糸に手繰《たぐ》りよせられて京へ上り、みずからの来し方と向きあった。

今となってみれば、すべては遠いむかしの出来事に感じられる。

何もかも無かったことにし、忘れてしまいたいのかもしれない。

琴は洛中で「高貴なお方」に仕えていたという。

できることなら、そのような女性と関わりたくはなかった。

関わらぬほうがよいぞと、もうひとりの自分も囁いてくる。

もちろん、いったん引きうけた以上、断ることはできない。

蔵人介はあきらめたように首を振り、重い腰を持ちあげた。

五

養珠院は四谷大木戸のそばにある。

浄土宗の寺で、正式には光明山《こうみようざん》養珠院願興寺《がんこうじ》というらしい。

住職の天佑は鉢頭の大柄な人物だった。信者を威喝《いかつ》するようにぎょろ目を剥《む》き、巧みな舌鋒で信心のたいせつさや仏のありがたさや輪廻転生《りんねてんしよう》などを説く。

一方、耳をかたむける聴衆はご利益を受けた気になり、我先に寄進を申しでた。

本堂の中央には怪しげな須彌壇《しゆみだん》が設けられ、護摩《ごま》焚きなどもおこなわれるようだが、炎と向きあって腫れ物が消えるのであれば、もはや、それは幻術のたぐいと言うしかなかろう。

奪衣婆像が安置された閻魔堂は、正面の本堂からみて境内の右端に佇《たたず》んでいる。

参道からつづく石段を数十段上ったさきで、そちらには参拝の順番を待つ人々が切れ目もなく並んでいた。

如心尼のもとへ呼ばれてから、すでに四日が経っている。

蔵人介たちは人の列に背を向け、本堂の脇から裏手へまわった。

すぐまえを黒い布で顔を隠した琴が進み、しんがりから串部が従《つ》いてくる。

三人を導く役目は、葛《くず》という老いた侍女であった。

腰はやや曲がっているものの、物腰から推《お》すと並みの侍女ではない。

矢背家に先代から仕える女中頭のおせきもそうだが、忍びの者が放つ特有の匂いを感じさせた。

串部も察したらしく、しきりに目配せを送ってくる。

妖しげな侍女のこともそうだが、琴の秘された事情やこちらの顔をみた途端に驚いた理由を、蔵人介は益々知りたくなった。

裏口で寺男に案内を請うと、部屋がいくつも連なる堂宇《どうう》の奥へ通された。

導かれたのは書院に設《しつら》えられた八畳間で、廊下を挟んで向こうに石庭がみえる。

砂地に巨岩が無造作《むぞうさ》に転がっているさまは、この世のはじまりすら連想させ、虚仮威《けおど》しにしては念が入っていた。正直、江戸にこれほど立派な石庭を擁《よう》する寺院があることすら知らなかった。

「はじめてここへ通されたとき、京の東福寺《とうふくじ》に列する塔頭《たっちゅう》のひとつをおもいだしましたのや」

こちらの心を読むかのように、琴が黒い布の内から囁きかけてくる。

「禅宗のお寺でもないのに、枯山水《かれさんすい》とは。しかも、州浜《すはま》の枯池に三尊石組《さんぞんいわぐみ》を配し、背景に躑躅《つつじ》をこんもり植えて雲になぞらえるように刈りこんだところなど、わらわの親しんだ御庭とそっくりや。この御庭を目にしたせいで心が波立ち、誘われるがままに祈禱をお頼みしてしもた」

歌詠みの会にでも招かれた気分になった。琴の持つ高貴さが京の枯山水を模した庭と見事に調和し、優雅に語られる京訛《なま》りが聞く者を魅了するからであろう。

だが、ここは格式の高い禅寺ではなく、騙りで儲ける売僧の巣窟《そうくつ》にほかならない。

蔵人介は廊下に佇み、庭をじっくり眺めた。

跫音《あしおと》のほうに目をやると、額に大きな瘤のある侍が歩いてくる。

こちらにちらりと目を向けただけでお辞儀もせず、廊下の角を曲がって遠ざかっていった。

奪衣婆のご利益で瘤を取りにきたのだろうか。

そんなふうに邪推し、部屋へ戻る。

さらに、小半刻《こはんとき》（三十分）ほども待たされた。

分厚い雲の割れ目から沖天《ちゅうてん》の日差しが射しこむと、ぎょろ目の生臭坊主が忙《せわ》しない跫音とともにあらわれた。

「ぬはは、お待ちしておりましたぞ」

天佑は上座に腰を下ろすや、黄蘗《きはだ》色の両袖を左右に払い、鼻息も荒く嗤《わら》いあげる。

「ご祈禱の仕度は万全に整えてございますれば、あとは貴女さまの御信心を頂戴するのみにござる。例のものは、お持ちいただけましたかな」

生臭坊主め。

さっそく、御膳料のはなしだ。

琴も葛も俯《うつむ》いたまま、顔をあげようとしない。

「おや、どうなされた」

天佑は首をかしげ、後ろに控える蔵人介と串部を交互に睨みつける。

「そちらの方々は、本日がはじめてでございますな。ご従者であられようか」

「さよう」

蔵人介が低い声で応じた。

「従者でもあり、対談方《たいだんかた》でもある」

「対談方」

「ふむ、さっそくだが、御祈禱の対価が百両とは法外すぎはせぬか。相場はせいぜい、銭百文程度でござろう」

「これは異《い》なことを」

天佑は余裕の笑みで受け、慈悲深い高僧のごとく両手をゆったりひろげる。

「たいせつなのは、仏を敬う御心にござる。そもそも、ご寄進に相場なぞありませぬ。貧者には貧者の、高貴な方にはそれなりの御心のあらわし方がござりますれば、拙僧《せっそう》の眼力によってあらかじめ峻別《しゅんべつ》し、格式に応じた額をおしめし申しあげたまでのこと。洛中から下られたやんごとなき女性《にょしょう》ならば格式は上の上、よもや、御膳料をけちるようなことはなさるまいとお見受けしますがな」

「病の苦しみから逃れられるなら、百両払っても惜しくはない。わが主人はさようにお考えだ」

「よいお心懸けにござる」

「されど、ご住職は、身分の差、貧富の差、寄進の多寡《たか》、そうしたもので効験にちがいが出るとでも言いたげだな。百両寄進いたせば、まことに極彩色の奪衣婆が蝦蟇腫を除いてくれるのであろうか」

「信心の深さ次第にござろう」

「ふん、そのこたえでは納得できぬな」

「納得できぬなら、どういたす」

天佑の怒りを逆撫《さかな》でするかのように、蔵人介は強い口調で言いはなつ。

「騙りまがいの祈禱に百両は払えぬ。いや、鐚《びた》一文たりとも払うまい。これまで払ったぶんについても、熨斗《のし》を付けて返してもらおう」

「……な、何を申すか、騙りなぞと。罰当たりであろう」

「罰当たりはどっちだ。偉そうに黄檗の袈裟《けさ》を纏って仏を愚弄《ぐろう》するのは、金輪際《こんりんざい》、止めたほうがよい」

「ぬわっ、何じゃおぬしは」

天佑は真っ赤な顔で吼《ほ》えた。

蔵人介は背筋を伸ばし、顔色ひとつ変えない。

「金を返さぬと言うなら、寺社奉行に訴えるしかあるまい」

途端に、天佑は鰓《えら》を震わせて嘲笑《あざわら》う。

「くふふ、どなたに訴えると申すのじゃ。落ちぶれた元御殿女中の従者が何を訴えたところで、耳をかたむけるお役人などおらぬわ」

「ほほう、言い切ったな。寺社奉行の阿部伊勢守さまは、売僧の巣窟《そうくつ》であった感応寺を破却されたお方ぞ」

「わしは日啓とはちがう。女犯も肉食《にくじき》もやらぬ。たとい、阿部伊勢守さまといえども、理由もなく仏門の徒を捕らえるわけにはいくまい」

「いいや、訴えてみねばわからぬぞ」

「無駄なことは止めたがよかろう」

「ほう、たいした自信だな。もしや、阿部さまご配下の役人と通じておるのか」

ぴくっと、天佑は片眉を動かす。

見事に図星をついたものと察せられた。

それがわかっただけでも、随行した甲斐はある。

「とりあえず、六十両ほど返してもらおうか」

脅しつけるように迫ると、天佑は乱暴な口調で小坊主を呼びつけた。

殺意を感じたのか、素直に金子《きんす》を揃え、要求どおりに戻してくる。

今日のところはこの程度にしておこうと、蔵人介はおもった。

天佑は眸子を細め、怒りを抑えながら言う。

「仏を信じぬ者には天罰が下る。天網恢々《てんもうかいかい》、奪衣婆さまは地獄の入口から、おぬしらのことをみておられるぞ」

「言いたいことはそれだけか。ならば、暇《いとま》いたそう」

蔵人介が立ちあがると、琴と葛もしたがった。

堂宇から外へ出ても、不安げな様子はない。

「おかげさまで、すっきりいたしました」

琴は丁寧に頭をさげ、わずかも境内に留まっていたくないのか、葛とともに早足に歩きはじめる。

主従の背中に従いて石段を下りると、しょぼくれた老侍に目が止まった。

「あっ」

声をあげたのは、串部のほうだ。

「あの御仁、御門番の水巻勇次郎さまですな」

まちがいない。蒼白な顔で項垂《うなだ》れ、山門のほうへとぼとぼ歩いていく。

「水巻さまも奪衣婆のご利益に縋られたのでしょうか。それにしても、ずいぶんな落ちこみようだな」

法外な御膳料でもふんだくられたのだろうか。

蔵人介はおもわず駆けだしたが、声を掛けそびれてしまった。

山門を飛びだすや、風体の怪しい連中に取り囲まれたのである。

六

破落戸《ごろつき》どもは十人を超えており、本堂で見掛けた寺男も混じっていた。養珠院の紐付きであることはあきらかだ。髷《まげ》の刷毛《はけ》先を散らして上に向けた勇み肌の連中にくわえて、月代《さかやき》や髭《ひげ》を薄汚く伸ばした食いつめ浪人たちもいる。

琴と葛はずいぶん前を歩いており、追いつける間合いではない。

破落戸どもがふたりに近づき、難なく人質に取ってみせた。

葛は抗おうとしない。

様子をみるつもりであろう。

「おのれ」

駆けだそうとする串部を、蔵人介は片手で押さえた。

勇み肌の痩せた男が一歩踏みだし、三白眼《さんぱくがん》に睨みつけてくる。

「金を返《け》えしてもらおうか。おめえさんの懐中にあるのはわかってんだ」

蔵人介は懐中に手を入れ、そのまま動きを止めた。

「おぬしの名は」

「へへ、知りてえのか。毒薊《どくあざみ》の左銀次《さぎんじ》ってえのが、おれの名だ」

「地廻りか」

「ああ。このあたり一帯を仕切るのは、大木戸の庄兵衛《しょうべえ》親分だ。おれさまは右腕ってわけさ」

「地廻りが寺の用心棒をやっておるのか」

「親分は信心深え檀家でな、養珠院で悪さをする罰当たりな連中を放っちゃおけねえ性分なのさ」

「悪さをしたおぼえはないがな」

「ご住職を脅しつけ、御膳料を奪ったろう。そいつはおめえ、奪衣婆もひっくり返《け》えるほどの罪だぜ」

「ふん、法外な御膳料を騙《だま》しとるほうが罰当たりであろう」

「素直じゃねえなあ。抗う気なら、こっちにも考えがある」

左銀次は琴に近づき、黒い布を剝ぎとった。

「ひゃっ」

琴は俯いたが、顔を隠すことはできない。

「ほへえ、こいつは驚いた。野郎ども、ほら、みてみろ。この女、蝦蟇にそっくりじゃねえか。それだけ醜い顔が祈禱で治るんなら、百両積んでも惜しかねえな、ぬへ、ぬへへ」

かたわらの葛が素早く動いた。

左銀次に身を寄せ、骨張った拳で鼻っ柱を砕く。

「ぬげっ」

鼻血を散らした悪党は尻餅をついた。

呆気《あっけ》にとられる手下どもを尻目に、蔵人介と串部が駆けよる。

琴と葛を背に庇《かば》うと、殺気立った連中にまわりを囲まれた。

「この糞婆ぁ」

左銀次は身を起こし、曲がった鼻を摑んでぐきっと元に戻す。

「先生、お願《ねげ》えしやす。やつらに目にものみせてやってくれ」

煽《あお》られて踏みだしたのは、丈六尺はあろうかという浪人だった。

蔵人介の腰帯には、矢背家と縁の深い秋元家の当主から頂戴した「鳴狐《なきぎつね》」が差してある。長い柄《つか》に拵《こしら》えを改めたのは、八寸の白刃を仕込むためと抜きの捷《はや》さを得たいがためだ。

幕臣随一の力量と評される蔵人介は、田宮《たみや》流抜刀術の達人にほかならない。

無造作に間合いを詰める巨漢は、何ひとつわかっていなかった。

「おぬし、わしに勝てるとおもうなよ」

暢気《のんき》に発し、名乗りをあげようとする。

「わしはな、芸州《げいしゅう》浪人……」

「名乗らずともよい。どうせ、忘れる」

「なんだと。ぬおっ」

巨漢は吼え、刀を抜きにかかる。

――ひゅん。

狐が鳴いた。

相手が抜いてもいないのに、蔵人介は白刃を黒鞘に納めている。

――ちん。

鍔《つば》鳴りが響いた。

刹那《せつな》、大きな耳がぼそっと落ちる。

勢いよく血が噴きだした。

「ひょええ」

巨漢は右耳を手で押さえ、一目散に逃げていった。

ほかの連中は佇んだまま、ことばを失っている。

「耳でも鼻でも削《そ》いでほしい者は前に出よ」

蔵人介の呼びかけに応じる者はいない。

空元気なのは、鼻の潰《つぶ》れた左銀次だけだ。

「てめえら、虚仮威しに怯《ひる》むんじゃねえ。束になってかかるんだ」

破落戸どもは煽られて仕方なく、一斉に白刃を抜いた。

「ふふ、待ってました」

串部が前面に躍りだし、極端に低く身構える。

「根をしめて風にまかする柳みよ、なびく枝には雪折れもなし」

修得したのは臑《すね》斬りを旨とする柳《りゅう》剛《ごう》流、口ずさむのは免許に添えられた古歌であろうか。

抜きはなった刀は両刃の同《どう》田《た》貫《ぬき》、相手がぎょっとする代物《しろもの》だ。

「さあて、臑を斬られたいやつはかかってこい」

やる気満々で言いはなつや、唐突に横槍がはいった。

「待て。おぬしら、養珠院の門前で何をしておる」

駆けてきたのは黒羽織の小《こ》銀《い》杏《ちょう》髷、町奉行所の定町廻《じょうまちまわ》りである。

左銀次は首を縮め、急にぺこぺこしはじめた。

「これは犬塚《いぬづか》さま」

「毒薊の左銀次か、何を揉めておる」

「いやなに、てえしたことじゃありやせん」

「鼻の骨が折れておるのか。誰にやられた」

「お気になさらず。へへ、ほんじゃ、あっしらはこれで」

破落戸どもはそそくさと居なくなり、小銀杏髷の同心は蔵人介に向きなおった。

「南町奉行所の定町廻り、犬塚銅四郎《どうしろう》だ」

大股で近づき、尖《とが》った顎を寄せてくる。

「そこもとは」

きちんと名乗られた以上、素姓を明かさぬわけにはいかない。

「本丸御膳奉行、矢背蔵人介」

正直にこたえると、相手は頰を強《こわ》ばらせた。

旗本とわかった以上、強い態度には出られず、口調も態度も丁寧なものに変わった。

「何か不都合なことでもおありでしたか」

「いや、地廻りの破落戸どもにからまれただけのこと」

「遠目で拝察しておりましたが、見事な抜刀術にござった。ほら、そこに耳が落ちている」

「申し訳ない。門前を穢《けが》してしまった」

「こちらで始末しておきます。あの、そちらの女性は」

犬塚は琴のほうに目を向ける。

身分を探られたくないためか、琴はみずから黒い布を取ってみせた。

蝦蟇腫を間近でみせられ、犬塚は固まってしまう。

それ以上は何も聞かず、山門の向こうへ消えていった。

「犬塚銅四郎か」

何処かで聞いたことのある名だ。

「殿、あの者は『鵺《ぬえ》』と綽名《あだな》される定町廻りにござりますぞ」

串部が眉を曇らせる。

おもいだした。北町奉行の遠山左衛門少尉景元《とおやまさえもんのしょうじょうかげもと》から厄介事を頼まれたとき、
何かの拍子に聞いたことがある。

「あやつに命を下すのは『妖怪』にほかなりませぬ」

昨年の暮れに南町奉行となった鳥居耀蔵《とりいようぞう》は、以前から「蝮《まむし》」と呼ばれていた。が、甲斐守《かいのかみ》の受領《ずりよう》を得てからは、耀蔵の「耀」と甲斐守の「甲斐」をくっつけて「妖怪」と囁かれるようになり、市井《しせい》の人々から忌《い》み嫌われる役人番付の筆頭に鎮座している。

「始末に負えぬ相手にござる」

敵と決まったわけではないのに、串部は難しい顔をする。

そばに立つ琴が俯いてしまった。

いたずらに不安を抱かせぬよう、蔵人介はにっこり微笑む。

「ご案じめさるな」

優しく声を掛けると、琴は戸惑ったように顔を赤らめた。

七

鬱陶《うつとう》しい雨が降りつづいている。

それでも、日増しに蒸し暑さを感じる季節になると、涼を売る物売りたちが辻々にすがたをみせはじめた。

——ところてんやぁ、かんてんやぁ。

蔵人介は心太《ところてん》売りの声を聞きながら、下谷御徒町《したやおかちまち》の御家人長屋へ向かっていた。

破落戸どもにからまれたのは一昨日のことだ。

参道で目にした水巻勇次郎のことが気になり、串部に内情を調べさせた。すると、おもったとおり、水巻は養珠院の天佑から法外な御膳料を要求されていた。

「三つになる孫の虫封じで訪ねたところ、首の付け根に疣《いぼ》があるのをみつけられ、そいつも取ってやろうと、住職から言葉巧みに誘われたようでござる」

水巻は奪衣婆に十数両も注ぎこまされたが、孫の疳《かん》の虫はおさまらなかった。夜泣きや癇癪《かんしゃく》があまりにひどいため、嫁は遠慮してか、孫を連れて実家へ戻ってしまったらしい。

串部によれば、生真面目《きまじめ》で信心深い水巻はどうにかして虫封じのご利益を得ようと、孫が居なくなってからも養珠院に通いつめたという。そして、ついに貯えが尽き、怪しい地廻りから借金までするようになった。

「その地廻りというのが」

「大木戸の庄兵衛か」

「さようにござります。養珠院のそばで手下どもに網を張らせ、カモになりそうな信心者を捕まえては高利で金を貸しているらしく、水巻さまと同じような目に遭わされた者は何人もあるようで」

いずれも自業自得《じごうじとく》とあきらめ、寺社奉行に訴えを起こさない。ほとんどの者は庄兵衛から高利で金を借りさせられ、借金の返済に四苦八苦していた。

水巻を訪ねようとおもったのは、琴に頼まれたからでもある。

「天佑が騙りの売僧と知りながら、みてみぬふりはできませぬ。わらわと同様に騙されて苦しむ人があるなら、どうにかして救ってさしあげたい」

真剣な眼差しに心を動かされ、辛いおもいをしているであろう水巻を救ってやらねばと考えた。

ただし、本人も納得したうえでなければ、動いても意味はない。

水巻の住む御家人長屋は、下谷練塀《ねりべい》小路の露地裏へ張りつくように建っていた。譜代《ふだい》御家人ゆえに息子が家督《かとく》を継ぎ、千代田城を囲む何処かの御門で門番見習いをやっているはずだ。

悠々自適の隠居暮らしに影が差したのは、不運としか言いようがない。

家の所在はすぐにわかったが、訪ねてみると大変なことになっていた。

水巻勇次郎は喧嘩《けんか》に巻きこまれ、破落戸どもから撲《なぐ》る蹴るの暴行を受けたあげく、寝たきりになってしまったのだ。

喋ることもままならず、声を掛けても反応しない。

蔵人介は胸を詰まらせた。

「いったい、何があったのですか」

問いに応じてくれたのは、窶《やつ》れきった妻である。

「昨夜、主人は戸板で運ばれてまいりました」

「戸板で」

「先導してきたのは、犬塚さまという南町奉行所のお役人です。養珠院のそばで喧嘩に巻きこまれたのだとか」

犬塚の名を聞いて、串部は眉をひそめた。

暴行をくわえた者たちの素姓を問うても、犬塚銅四郎は知らぬ存ぜぬの一点張りだったという。

「戸板の後ろを持ってくれた若いお方に縋って聞いたところ、養珠院のそばにあるいかがわしい一角で倒れていたのだとか」

「いかがわしい一角とは」

「陰間《かげま》茶屋の並ぶ袋小路にございます」

どうして、そのようなところへ連れていかれたのか問うても、小者《こもの》は首を振るばかりで、それ以上は教えてくれなかった。

ともあれ、急いで水巻を家に運びいれ、町医者に診てもらったところ、からだじゅうに痣《あざ》や裂傷が見受けられ、棍棒のようなもので叩かれたのか、背骨が折れていた。命だけは取りとめたものの、医者によれば十中八九、意識は戻らぬだろうということらしかった。

「ぬう」

昨日のうちに訪ねておけば、凶事を阻めたかもしれぬ。

それをおもうと、悔やんでも悔やみきれない。

「夫は孫のことが心配でたまらず、養珠院に通いつづけておりました。されどまさか、借金してまで御膳料を納めていたとはつゆ知らず、好きにさせてしまったわたしが莫迦《ばか》だった」

妻が気づいたときは遅かった。昨夜は借金を返さねばならぬ期限だったらしく、水巻は「はなしをつけてくる」と言って家を出たという。

「わたしが死ぬ気で止めていたら、こんなことにはならなかったのに。情けのうござります……う、うう」

妻は執拗に自分を責め、嗚咽《おえつ》を漏らす。

蔵人介には慰めようもなかった。

もちろん、金を貸した連中の見当はついている。

住職の天佑が大木戸の庄兵衛と組んでやったことだろう。

水巻が借金の返済を拒むと、喧嘩にみせかけて半殺しの目に遭わせたにちがいない。

戸板で運ばせてきた犬塚も、何があったのかあきらかにしない点から推すと、仲間である公算は大きい。天佑や庄兵衛と結託し、甘い汁を吸っているのだ。

「殿、さっそく調べてみます」

串部は長屋から飛びだしていった。

養珠院の周辺で聞き込みをすれば、昨夜の喧嘩を目撃した者も出てこよう。

言い知れぬ怒りのせいで、瞼《まぶた》がぴくぴく震えだす。

蔵人介は妻の許しを得て枕元に膝を寄せ、木像のように動かぬ水巻の手を握った。

「水巻どの、わかるか、矢背蔵人介だ」

耳許で呼びかけても、まったく反応はない。

生きながらに、死んでいるかのようだった。

「きっとよくなる。養生《ようじょう》につとめられよ」

蔵人介は励ましながら、手を離そうとする。

そのとき、わずかに指が動いた。

「ん、どうなされた。水巻どの、何か言いたいのか」

もう一度、手をぎゅっと握りしめてやる。

「もしや、恨みを晴らしてほしいのか」

ぴくっと、指が動いた。

こちらのことばが伝わっているのだ。

かたわらでは、妻が噎《むせ》び泣いている。

夕方にならねば、息子は役目から戻ってこない。

傷心の妻をひとりにするのは忍びなく、去りがたい気持ちにとらわれつつも、蔵人介は御家人長屋をあとにした。

八

翌日、日本橋《にほんばし》。

露地裏の紫陽花は日毎《ひごと》に表情を変え、次第に赤みを増してきた。月のなかばを過ぎたというのに、鬱陶しい雨は熄《や》む気配もない。

蔵人介は串部とともに、悪党同心の背中を追っている。

今のところ、もっとも手強い相手は犬塚銅四郎であった。悪の根を断つためには、まっさきに「鵺」と呼ばれる犬塚をどうにかせねばならず、そのためには売僧や地廻りとの蜜月ぶりを確かめておかねばならなかった。

それゆえ、張りつくことにしたのだが、半日ほど遠目から眺めているだけでも、廻り方の同心が行く先々でどれだけ理不尽なことをやっているのかが如実にわかった。

縄張り内では、密告者を何人も手懐《てなず》けている。多くは岡っ引きや小者で、とある商家の娘が派手な振袖《ふりそで》を仕立てただの、隠れて寄席を催した大家がいただの、路上で好色本や絵草紙《えぞうし》を売る者がいただの、子ども相手の辻宝引《つじほうびき》をやっている者があっただの、そうした些細《ささい》な出来事を取りあげては、さも手柄をあげたかのごとく告げ口する。

水野忠邦の推進する「改革」においてはあらゆる贅沢《ぜいたく》が廃され、庶民は寄席や芝居や浮世絵やちょっとした賭事など、あたりまえのように享受できていた楽しみを奪われたり、制限された。水野の狙いは風紀の引きしめらしいが、誰も彼もが隣人の粗《あら》探しに走り、大らかな気風や助け合いの精神は萎《しぼ》みつつある。

「文字どおりの梅雨闇、嫌な世の中にござりますな」

嘆いてみせる串部のみつめるさきには、男女のからみを色鮮やかに描いた鍼灸《しんきゅう》所の看板が立っていた。

犬塚はその看板を乱暴に蹴倒し、鍼灸所に踏みこんでいく。

しばらくすると、鍼灸師の首根っこを摑んで表へ出てきた。

「てめえ、目がみえねえからといって容赦しねえぞ。あとでしょっ引いてやるから、そのつもりでいやがれ」

鍼灸師の頰に平手打ちをし、馴れた仕種《しぐさ》で袖の下を巻きあげるや、意気揚々と歩きだす。

通行人たちは蛇蠍《だかつ》をみるような目をしつつも、関わりを避けて背中を向けた。

さらに、犬塚は露店の団扇《うちわ》屋へ近づき、役者の大首絵《おおくびえ》が描かれた団扇を束にまとめて引きぬくや、地べたに放って踏みつける。

そうかとおもえば、行きあたった神社の鳥居を潜り、境内の一角を占める鉢物市を覗《のぞ》いてまわり、多少でも値の張る鉢植えがあれば断りもなく手に取り、参道の敷石に叩きつけた。

あるいは、面体《めんてい》を頭巾で隠した女性のあとを追いかけ、大声で「かぶりものはならぬという触れを知らぬのか」と一喝するや、頭巾をはぐりとって破いてしまう。

少しでも値の張る物、贅沢とされる物をみつけては奪い、破壊していった。

「あれでよく廻り方がつとまりますな」

破落戸《ごろつき》や辻強盗と何ら変わらぬ所業だが、廻り方の同心はいずれも「改革」の方針を遵守《じゅんしゅ》すべく、似たり寄ったりのことをしていた。

「犬塚はあれで、上の受けはよいようですぞ」

上とは「妖怪」と呼ばれる鳥居耀蔵のことだ。

犬塚銅四郎のごとき輩が「妖怪」の走狗《そうく》となり、真っ当に暮らす庶民を苦しめているのである。

「ああした役人こそが、誅《ちゅう》すべき奸臣《かんしん》なのかもしれませぬ」

串部が苦々しく吐きすてるとおりであろう。

気づいてみれば、雨は熄《や》んでいる。

犬塚は日本橋本町《ほんちょう》大路を浜町《はまちょう》のほうへ向かい、版元《はんもと》や書肆《しょし》の店が並ぶ通油町《とおりあぶらちょう》のあたりを彷徨《うろつ》きはじめた。

狙っていたように敷居をまたいださきは、看板に『栄屋』と書かれた読売屋である。主人の橋之助《はしのすけ》は緞帳《どんちよう》役者から転身した骨のある人物で、金満家《きんまんか》を皮肉る読売の内容が評判を呼んでいた。

その橋之助が犬塚に襟首を掴まれ、表へ連れだされてくる。

「てめえ、こいつを刷ったのはどういう了見《りようけん》だ」

立ちどまる通行人にわざと聞こえるように声を張りあげ、束に携えた読売を空に撒《ま》きちらす。

そのうちの一枚が風に乗って運ばれてきた。

目に飛びこんできたのは、奪衣婆と袈裟《けさ》姿の猫が酒を酌みかわす浮世絵だ。

——猫が物言う。

と右端に大きく書かれ、養珠院の奪衣婆像は騙りの道具にほかならぬと、面白おかしく綴《つづ》られている。

なるほど、犬塚にとってみれば見逃せぬ内容であろう。

「猫を描いた絵師は歌川国貞《うたがわくにさだ》か。こいつはたしか、柳亭種彦《りゆうていたねひこ》の『偐紫田舎源氏《にせむらさきいなかげんじ》』に載る浮世絵《うきよえ》も描いていやがったな」

「当代一の人気絵師にござります」

「そのせいで、猫の読売は飛ぶように売れるわけか。だったら、国貞もおめえといっしょにしょっ引くしかねえな」

「何故にござりますか。あくまでも猫が喋った洒落《しゃれ》にござります。以前ならば笑って見逃していただけたのに、何故、今になってお仕置きを受けねばならぬのでしょう」

「わかってねえようだな」

犬塚は橋之助に背を向け、人垣を築きつつある野次馬どもに語りかけた。

「栄《さかえ》屋橋之助なる者は常日頃から嘘八百を並べたて、不埒《ふらち》にもそいつを飯のタネにしていやがる。不届き千万ゆえ、本日ただ今より商売停止《ちょうじ》とする」

野次馬どもがざわめいた。

「皆の衆、よく聞いてくれ。栄屋のやっていることは騙りといっしょだ。でえち、猫が人のことばを喋るわけがねえ。そうだろう、なあみんな、こうした騙りを許しちまったら、知らねえうちに頭をおかしくされちまうんだぜ。気づいたそばから悪の芽を摘まなくちゃならねえ。そいつがお上から十手を預かる者のお役目ってわけだ」

犬塚は悦《えつ》に入って喋りつつ、人垣を睨《ね》めまわす。

捕まるのを恐れて、誰ひとり口を差しはさむ者はいない。

そこへ、あらかじめ打ちあわせでもしてあったのか、十手を携えた小太りの男が手下どもを連れてあらわれた。

「犬塚の旦那、お待たせしやした」

「おう、庄兵衛か」

大木戸の庄兵衛という地廻りであろうか。

なるほど、犬塚から十手も預かっているのだ。

蔵人介は小狡《こずる》そうな面相を脳裏に焼きつけた。

「それじゃ旦那、栄屋橋之助にお縄を打ちやすぜ」

「ああ、そうしろ。こいつを見逃すわけにゃいかねえ」

橋之助は狼狽《うろた》え、両膝をついて平伏した。

「お待ちください。いくらなんでも無茶苦茶なはなしだ」

「てめえ、お上に楯突くってなら、痛え目にあわせるぜ」

犬塚が凄むと、橋之助は毅然《きぜん》と言いはなった。

「楯突く気なんざありませんよ。ただ、江戸から読売を無くしちまったら、暗闇を灯《とも》す提灯《ちょうちん》が無くなるのも同じことだ。どうか、鳥居さまにお願いしていただけませんか。このお江戸から真実を照らす灯だけは絶やしてくれるなと」

「てめえ、そいつは皮肉か。お上を愚弄《ぐろう》してんのか」

「贅沢を戒めることに反対なんぞしちゃおりません。なさろうとしていることは、ご立派でござんすよ。でもね、旦那、行きすぎは困る。何につけても塩梅《あんばい》ってのが肝心なんじゃござんせんかね」

「こやつめ、読売屋の分際《ぶんざい》で強意見《こわいけん》しおって」

犬塚は鬼の形相《ぎょうそう》で吼えあげ、橋之助の頰を拳でぶん殴る。

さらに、ひっくり返った相手の腹や背中に蹴りを入れた。

串部が我慢できず、人垣から踏みだして大股で迫る。

「おい、そのくらいにしておけ」

背中に声を掛けると、犬塚は振りむきざまに両手を伸ばしてきた。

「いやっ」

串部の襟首を摑むや、有無を言わさず、豪快に投げつける。

――どしゃっ。

背中から地べたに叩き落とされ、串部は気を失った。

警戒を怠ったとはいえ、見事な柔術《じゅうじゅつ》の技だ。

「ふん、ざまあみろ」

犬塚はぺっと唾を吐き、肩で風を切りながら去っていく。

栄屋橋之助は縄を打たれ、庄兵衛に引かれていった。

権力は笑われることを何よりも嫌うと、誰かに聞いたことがある。

遠ざかる悪党同心の後ろ姿を、蔵人介はじっと睨みつけた。

おぬしひとりを斬ったとて、世の中は変わらぬかもしれぬ。

されど、おぬしを野放しにしてはおくまい。

胸に誓いを立て、猫の絵が描かれた読売を袖口に仕舞う。

風刺《ふうし》や皮肉を封殺するのは、権力を濫用《らんよう》する者の常道かもしれぬ。質《たち》がわるいのは、みずからの崇高な信念とやらに基づいて、浅はかな正義の斧を振りまわすことではなかろうか。

読売屋に縄を打つがごとき役人の横暴は、けっして許してはならぬ。

そのことを幕政の舵《かじ》をとるお偉方は、きちんとわかっているのかどうか。

わかっておらぬようなら、知らしめてやらねばなるまいと、蔵人介はおもった。

九

夜、蔵人介は串部に誘われ、大川《おおかわ》にのぞむ薬研堀《やげんぼり》へやってきた。

「腰の調子はどうだ」

「痛みますよ。腐れ同心を舐めてかかったのがまちがいでした」

「犬塚は起倒《きとう》流の柔術を修めているそうだ。刀の扱いにも馴れておるし、手裏剣《しゅりけん》術にも長《た》けておるとか」

「くそったれめ、ただではおかぬ」

串部は暗い川面に目をやり、怒りを鎮《しず》めるように溜息を吐く。

「あと十日もすれば、川開きにござりますなあ」

「花火か、すっかり忘れておった」

「雨ばかり降るせいにござりましょう」

薄暗い三つ叉を曲がれば、突きあたりに青提灯がみえる。

提灯には朱文字で『お福』と書かれていた。

芝居町の火事で焼けだされたおふくが、引っ越したさきで一膳飯屋を再開したのだ。

「かつての常連が噂を聞いて集まり、たいそう繁盛しておりましてな。毎晩、座る明樽《あきだる》の奪いあいをしております」

どうやら、串部は足繁く通っているらしい。

おふくに恋情を寄せているのだが、拒まれるのを恐れて告白できずにいた。

「かれこれ、何年になる」

「えっ、何がでござりますか」

「恋情を伝えられずに何年経った」

「殿、おやめくだされ。おふくに勘づかれたら困ります」

「勘づいておらぬとでも。めでたい男だな」

「見世《みせ》で惚れた腫れたの話は御法度ですぞ」

暖簾《のれん》を振りわけた途端、わっと人いきれに襲われた。

「今宵も満席だな」

顔をしかめたふたりのもとへ、陽気な声が掛かる。

「あっ、これはおめずらしい。鬼役はん」

乱杭歯《らんぐいば》を剥いて笑うのは、浜町河岸難波町《なにわちょう》に住む薫徳《くんとく》である。

江戸にふたりといない薬師で、毒の正体を知りたいときは蔵人介のほうから足労《そくろう》して教えを請うた。串部は「毒の師匠」と呼んでいる。

「席ならつくりまっせ。ほれ、おぬしら、退《ど》け。もう充分に呑んだやろう。嬶《かか》ぁのもとへ帰れ」

薫徳に叱られ、職人風のふたりが渋々ながらも席を空けた。

「女将《おかみ》、お帰りだぞ」

別の声に振りむけば、薫徳に輪を掛けて風采《ふうさい》のあがらぬ白髪《しらが》爺が笑っている。おふくが軒下を借りている町医者の呂庵《ろあん》であった。

薫徳と呂庵は呑み仲間で、この見世を根城にしているらしい。

串部は気に食わぬようだが、席を空けてくれたので文句も言えない。

「あら、おいでなされまし」

奥からおふくが顔を出した。

吉原《よしわら》の花魁《おいらん》だっただけあって、所帯じみたところは微塵《みじん》もなく、年増《としま》の色気を振りまいている。

身請けしてくれた商人は、財産も遺さずに病没してしまったと聞いた。裸一貫から一膳飯屋を立ちあげ、繁盛していたにもかかわらず、火事ですべてを失った。それでも失意の底から立ちなおり、ふたたびこうして細腕一本で見世を切り盛りしている。

常連たちは事情を知っているので、おふくに崇敬の念すら抱いていた。

「お殿さまにいらしていただけるなんて、ありがたいことです」

ほかの客は蔵人介が旗本であることを知るまい。

ひとたび見世の敷居をまたげば、誰もが同じ客になる。身分も年も関わりない。侍がいようが遠慮せず、わいわい騒いで盛りあがる。そうした雰囲気を、蔵人介は心の底から楽しんだ。

酒は安酒だが、つくりおきの肴《さかな》は絶品である。

春ならば山菜、秋には茸、冬は鰤《ぶり》大根で夏は冷や汁、梅雨時には穴子《あなご》の煮こごりなんぞが並び、ちぎり蒟蒻《こんにゃく》と芋の煮転がしなら一年中置いてあった。

「あんまり褒めないでくださいましな。恥ずかしいったらありゃしない」

おふくは頬を朱に染めた。

愛らしい横顔に、串部がみとれている。

一合、二合と酒はすすみ、心地よく酔いもまわってきた。

そうなると決まって、お上への文句や愚痴が飛びだす。

「近頃の役人はどうしようもねえ」

口火を切ったのは、赭《あか》ら顔の呂庵であった。

「患者が持ってきた春画を放っておいたら、そいつを目敏《めざと》くみつけた野郎がいてな、何とその野郎は番屋に駆けこんだのさ。町内に不埒な医者がいるってな。顔見知りの岡っ引きが押っ取り刀で飛んできやがった。疣痔《いぼじ》を治してやった恩も忘れ、縄を打とうとしやがる。だから、言ってやったのさ。嬶ぁに浮気をばらすぞってな」

「そしたらどうなった」

串部がおもしろがってさきを促すと、呂庵は自慢げに胸を張った。

「もちろん、岡っ引きは尻尾を巻いて退散したさ。ふん、そんな腑《ふ》抜け野郎ばっかしだぜ」

「許せぬのは警動《けいどう》やな」

気難しげに、薫徳が吐きすてる。

「毎晩、どこかの女郎屋に捕り方の手入れがはいる。近いうちに、江戸から女郎屋が一軒も無うなってしまうわ」

「岡場所ってえのは、雨後の竹の子みてえに出てくる。こう景気がわるいとな、貧乏長屋の娘たちは春を売るしかなくなる。女郎屋で小銭を稼ぎ、警動でしょっ引かれて行きつくさきは吉原だ。三年もただ働きさせられて、あげくのはてにゃ羅生《らしょう》門河岸《もんがし》の吹きだまりに堕ちる。たいていの女郎は瘡《かさ》に罹《かか》って一巻の終わり。おれは何人もそうした女郎を看取《みと》ってきた。だから、わかるのさ。娘たちの積もり積もった恨み辛み、御政道への憤りや怨念がな」

呂庵はくだを巻き、仕舞いには眠ってしまう。

薫徳が何気なく、聞き捨てならないはなしをしはじめた。

「わしの唯一の楽しみは岡場所や。四谷大木戸のそばに警動に掛からぬ岡場所があると聞き、ついせんだって、わざわざ足を延ばしてみたんや。なるほど、それらしい一角に淫靡《いんび》な見世が並んどった。しかし、そこは陰間茶屋でな、生臭坊主御用達《ごようたし》の見世やった。羨ましいことに、坊主だけは金を捨てるほど持っている。奪衣婆で儲けた養珠院の住職なんぞは、三日に一度は欠かさずに通ってくるそうや」

蔵人介は片眉をぴくりと動かし、串部は盃を床几《しょうぎ》に置いた。

「まさか、毒の師匠の口から養珠院の名が飛びだすとはな」

串部の誘いに乗ったのは、ふいに目を覚ました呂庵である。

「その陰間茶屋は『堀江《ほりえ》六軒長屋』と称してな、火事で焼けだされた芳町《よしちょう》の陰間どもが行きついたさきじゃ。三座の芝居小屋に出ていた若い女形《おんながた》なんぞもおる。

おふくの知りあいも何人かおってな、尻を破かれたと泣きながら、わしのところへやってきた若いのもおった。おふく、名は何と言うたかな」

「京丸《きょうまる》ですよ」

「おう、そうじゃ」

芳町でも人気があった女形らしい。

「京丸を玩具《おもちゃ》にしたのは、坊主じゃねえ。歴とした寺社奉行配下の侍よ。額に大きな瘤があるそうで、陰間は『瘤侍』と呼んでおったわ」

蔵人介の目が光った。

額に大きな瘤のある侍なら、養珠院の庭に面した廊下で見掛けている。

問いを放ったのは、串部のほうだ。

「その侍、名はわかるかい」

「笹に栗で、笹栗茂左衛門《ささぐりしげざえもん》だったかな」

蔵人介は眸子を細めた。

「なるほど、あの『瘤侍』が笹栗か」

「殿、ご存じでしたか」

笹栗茂左衛門という名だけは、聞いたことがあった。

「短槍《たんそう》を持たせたら、比肩《ひけん》する者がおらぬとか。たしか、お役目は吟味物調役《ぎんみものしらべやく》だ」

吟味物調役は、寺社奉行直属の家臣ではない。寺社の訴訟に馴れていない新任奉行や家臣たちを補佐すべく、幕府の評定所《ひようじようしよ》から送りこまれる。役高百五十俵二十人扶持の旗本役だが、寺社の内情に精通しているので重宝された。寺社からは何かと実入りがあるので、その気になれば財を築くこともできる。

串部がうなずいた。

「なるほど、吟味物調役とは盲点でしたな。それがしはてっきり、天佑が阿部家の家臣とつるんで騙りをやっておるのだと睨んでおりました」

呂庵は勝手につづけた。

「笹栗は酷《ひど》い男でな、京丸の尻穴に槍の柄をぶちこんだそうじゃ。そして自分の素姓を口外したら、柄ではなく穂先で串刺しにするぞと脅したらしい。ついでに言えば、陰間茶屋をやっておるのは大木戸の庄兵衛とか申す地廻りでな、そいつは要領がいいのか、町奉行所の木《こ》っ端《ぱ》役人とつるんで上手に警動を免《まぬか》れている。京丸は嘆いておった。ほかに稼ぐところもないゆえ、尻が癒《い》えたら戻るしかないとな」

串部の顔が、ぱっと明るくなった。

「殿、筋が描けましたぞ」

養珠院の天佑が騙りで稼いでいられるのは、寺社の内情に詳しい笹栗茂左衛門が後ろ盾になり、寺社奉行の阿部伊勢守が疑いの目を向けぬようにしているからだ。ふたりの蜜月ぶりは表に出てこない。

「されど、どちらも陰間好きゆえ、秘かに庄兵衛の陰間茶屋へ通っている。庄兵衛の陰間茶屋だけが警動を逃れているのは、もちろん、定町廻りの犬塚銅四郎が裏で手をまわしているからでござろう」

要するに、四者は裏でがっちり手を組み、誰にも気づかれずに悪事を重ね、際限なく儲けをあげている。

筋書きが明確になった以上、何ひとつ躊躇《ためら》うことはない。

あとはどうやって悪党どもを成敗するのか、段取りを考えるだけのはなしだ。

十

三日後、四谷大木戸。

月が朧《おぼろ》に霞んでいる。蒸し暑い夜だ。

蔵人介のすがたは、養珠院の山門からさほど離れていない露地裏にある。

呂庵を介して京丸と連絡を取り、あらかじめ笹栗茂左衛門が訪れる日を教えてもらった。

京丸によれば、笹栗は勘の鋭い男らしい。まんがいち素振りを疑われたら、蔵人介の名を出してもよいかと言われたので、もちろん名を出してもかまわぬし、笹栗の命を狙っていると告げてもよいと応じてやった。正直に白状すれば、危うくなっても命までは奪われまいとおもったからだ。

表通りは静かで、山狗《やまいぬ》の遠吠えしか聞こえてこない。

いや、鳴いているのは「鵺」であろうか。

――ひょう、ひょう。

虎鶫《とらつぐみ》のごとき鳴き声は、闇に潜む魔物のものかもしれない。

「殿、今宵はおもいきり、暴れさせてもらいますぞ」

串部はぺっと掌に唾を吐き、同田貫の柄に擦りつける。

蔵人介は眉をひそめ、薄汚れた部屋の並ぶ袋小路に踏みこんでいった。

「小便臭いな」

淫靡《いんび》な空気を漂わせる小路の入口には、腰障子の右側に「四谷大木戸」と墨書《ぼくしょ》された自身番《じしんばん》がある。

戸はなかば開いており、酒を酌みかわす破落戸どもの人影がみえた。

自身番の主は大木戸の庄兵衛、十手を預かる身でありながら陰間茶屋を営み、警動を巧みに逃れては荒稼ぎをしている。しかも、天佑の手足となって信者相手に高利貸しまでやっていた。文字どおりの悪党にほかならない。

蔵人介は足を止め、ぐっと顎を引いた。

「まいろうか」

「はっ」

串部は呼応するや、猪のように突進する。

――どどん。

腰障子に頭からぶつかって粉砕し、敷居の向こうへ躍りこんだ。

「ぬおっ」

気合一声、両刃の同田貫を抜きはなつ。

「うえっ」

絞められた鶏のような声がした。

鼻の潰れた男がよろよろ出てくる。

毒蓟の左銀次だ。

敷居に躓《つまず》き、地べたに顔を叩きつけた。
よくみれば、右臑が敷居に残っている。
「ひょええ」
別の人影が外へ飛びだしてきた。
庄兵衛だ。
小太りの悪党は、蔵人介をみつけて棒になる。
「……ま、待ってくれ」
命乞いに貸す耳はない。
――ひゅん。
刃風が闇を払った。
必殺の「飛ばし首」である。
庄兵衛の首は軒先にぶつかり、足許に転がってきた。
口をへの字に曲げ、驚いた表情のままだ。
血振りを済ませて納刀すると、串部が戻ってくる。
「さて、ここからが本番でござりますな」
一瞬の出来事だったせいか、袋小路は深閑《しんかん》としていた。

血腥い臭いを背にしつつ、一番奥へ足を向ける。

戸口に耳を近づけても、人の気配は感じられない。

「妙だな」

串部は首をかしげ、戸の縁に手を掛ける。

すっと、呆気なく開いた。

敷居の奥は漆黒《しっこく》の闇、微《かす》かに血の臭いがする。

串部は忍び足で三和土《たたき》を抜け、廊下を踏みつけた。

——みしっ。

床の軋《きし》みに、心ノ臓が縮む。

誰かいるのか、それともいないのか。

番屋のふたりは囮《おとり》に使われたのかもしれない。

罠を仕掛けるとすれば誰なのか。吟味物調役の笹栗茂左衛門か、それとも定町廻りの犬塚銅四郎か。いずれにしろ、手強い敵であることにかわりはなかろう。

——みしっ。

串部は狭い廊下を進んでいく。

突如、行く手の闇が揺らいだ。

——ひゅん。

風を孕《はら》み、鋭利な刃物が飛んでくる。

「おっ」

棒手裏剣だ。

前を行く串部の鬢《びん》を削り、蔵人介の鼻面《はなづら》へ迫る。

咄嗟《とっさ》に左手を翳《かざ》すと、肘の下に棒手裏剣が刺さった。

激痛に顔を歪《ゆが》める。

「殿」

「だいじない」

ふたりは床に張りつき、身じろぎもできなくなった。

蔵人介は棒手裏剣を引き抜き、右手と口を使って刀の下緒《さげお》を左腕に巻きつける。

きつく巻いて止血をし、闇の向こうに問いかけた。

「陰間の京丸はどうした」

しんと静まりかえった廊下に、忍び笑いが聞こえてくる。

「くふふ、そんなことを案じておるのか」

声の主は犬塚銅四郎だ。まちがいない。「鵺」と呼ばれる腐れ同心が罠を張っていたのだ。

「閻魔堂におる。たぶん、まだ生きておろう。ふふ、陰間に聞いたぞ。おぬし、笹栗さまを斬りにまいったとか。理由は何だ、悋気《りんき》か、情痴の縺《もつ》れというやつか」

京丸が上手に言い繕ったおかげで、どうやら、犬塚たちは勘違いしてくれたらしい。少なくとも、密命を帯びた隠密や刺客のたぐいとはおもわれていないようだ。これを利用しない手はない。

「京丸を玩具にしおって、笹栗茂左衛門だけは許せぬ」

蔵人介が語気を強めると、犬塚は嘲笑った。

「おお、ほほ。わしにはようわからぬが、男色の恨みは深いともいうしな。ところでおぬし、一介《いっかい》の鬼役にしては相当に腕が立つとか。わしは乗り気ではないが、笹栗さまはおぬしの腕を買いたいらしい」

「ほう、仲間にくわえてもらえるのか」

「どうせ、その気でおったのであろう。蝦蟇女の付き添いで養珠院に参じた折も、天佑に取り入る機を狙っておったのではないのか」

「ようわかったな」

「ふふ、養珠院の奪衣婆は金になるぞ。浄財が一年でいくら集まるとおもう。今の調子でいけば、一万両は超えような。寺ひとつで小藩の年貢分は稼ぎだすのだ。天佑はいわば一国を統《す》べる藩主と同じ、打ち出の小槌《こづち》というわけさ」

犬塚たちは蔵人介を同じ穴の狢《むじな》だとおもいこみ、条件次第では仲間に引きこめると踏んでいる。

「庄兵衛と左銀次を斬ったのか」

「ああ」

「おかげで、手間が省けた。庄兵衛は役に立つ男であったが、ちと欲を掻きすぎた。わしの弱みを握ったつもりで、何やかやと小遣いをせびりおったしな。どうにかしたかったところへ、都合よく、鬼役があらわれたというわけだ」

「おぬし、わざと番屋を襲うように仕向けたのか」

「その程度の才覚がはたらかねば、世の中をわたってはいかれまい」

腐っている。何としてでも、この男の性根《しょうね》を断たねばならぬ。

前のめりになったところへ、試練がひとつ課された。

「仲間になるなら、おぬしの従者を斬れ。口約束など信用できぬゆえな」

蔵人介が応じるのを待たず、串部がすっくと立ちあがる。

「腐れ同心め、覚悟せい」

叫びあげ、両手をひろげて駆けだそうとした。

「行くな、串部」

蔵人介の掛け声よりも早く、風切音がつづく。

――ひゅん、ひゅん、ひゅん。

串部は棒手裏剣を何本も胸に受け、ばたりと床に倒れこんだ。

おもいがけぬ事態に、蔵人介はことばを失ってしまう。

犬塚が笑いながら、ことさらゆっくり近づいてきた。

「従者の二の舞になりたいのか。仲間になるなら、後ろを向いて外へ出ろ」

蔵人介は振りむかない。中腰になり、五体から殺気を放つ。

「ほう、やる気か。ならば、遠慮はすまい。おぬしには死んでもらう」

犬塚はさらに一歩、踏みだしかけた。

が、急に足を止める。

何者かの無骨な手で、片足を摑まれていた。

串部だ。

「くわっ」

凄まじい膂力《りょりょく》で引きずり倒し、背後から犬塚の首に二の腕を搦《から》ませる。

裸締めであった。

「ぬぐっ……」

犬塚は足をばたつかせ、しばらくして動きを止める。痙攣《けいれん》しながら白目を剝き、口から泡を吹いていた。

窒息したのであろう。

串部は屍骸《むくろ》から離れ、駆け寄ってくる。

「殿、だいじござりませぬか」

「おぬしのほうこそ、だいじないのか」

「平気でござる。胸に細工をほどこしておったもので」

三本の棒手裏剣が床に転がった。

串部は自慢げに、着物の下から俎板《まないた》を取りだす。

「胸板を守る俎板にござります」

下手な駄洒落だ。おもしろくもない。

蔵人介は串部を睨みつける。

「黙っておったな」

「殿に心配していただこうかと」

「つまらぬことをするな」

「はっ」

串部は一礼し、怪我を負った蔵人介の左腕を縛りなおす。

「さすが殿、咄嗟に脈筋を外しましたな。されど、傷は存外に深《ふこ》うござる」

「左手は使えそうにないな」

「それがしが殿の左手になり申す」

力強いことばに感謝しつつも、蔵人介はいっさい顔に出さない。

養珠院の閻魔堂には、犬塚よりも手強い敵が潜んでいるはずだ。

京丸の命も救わねばならず、気を引き締めねばならなかった。

十一

参道の両端に並ぶ石灯籠《いしどうろう》には、点々と炎が灯されている。

不気味なことに人影はなく、気配だけがわだかまっていた。

笹栗茂左衛門は短槍の名手、扱う槍は「打根《うちね》」と呼ばれる手突槍《てつきやり》である。

穂長は四寸ほどで、腰差しにすることもでき、駕籠に乗る大名などが護身用に使う。柄頭に紐を付けて投擲《とうてき》することも可能なため、対峙すれば厄介な得物《えもの》にまちがいなかった。

急な石段を上りつめ、右手の閻魔堂へ進む。

堂宇へ近づくにつれて、殺気が徐々に膨《ふく》らんでいった。

観音扉を開いて敷居をまたぐや、ぎょっとして立ち止まる。

正面の床に安置された奪衣婆像だけが龕灯《がんどう》に照らされ、暗闇に浮きあがっているようにみえたのだ。

木像のそばから、重厚な声が聞こえてくる。

「来おったな、鬼役め」

天佑の声だ。

坊主頭の輪郭がうっすらみえた。

「京丸はどうした」

問いかけると、部屋の片隅に別の龕灯が照射される。

天井の梁《はり》から荒縄が垂れさがり、丸裸の陰間が吊るされていた。

ぎゅっと、蔵人介は拳を握る。

「生きておるのだろうな」

「まだ息はある。下手に動けば、打根の穂先が脳天に刺さるぞ」

吊るされた京丸の背後から、別の声が響いた。

笹栗にちがいない。

「矢背よ、ちとはなしをしようではないか」

「何のはなしだ」

「養珠院の廊下でおぬしの顔を見掛けたとき、すぐにおもいだした。十数年前の御前試合だ。わしも槍で参じておった。槍と刀では勝負にならぬと信じておったに、おぬしの演武をみて考えが変わった。ひょっとしたら、負けるかもしれぬ。わしはな、生まれてはじめて恐れを抱いたのだ」

蔵人介は声のするほうを睨みつける。

「犬塚銅四郎には引導を渡してきたぞ」

「まあ、そうであろうな」

「驚かぬのか」

「むしろ、期待しておった。儲かるとみれば集《たか》ってくる壁蝨《だに》のような連中が増え、じつは困っておるのさ。犬塚銅四郎や庄兵衛のごとく分不相応に欲を掻く輩は邪魔になるだけだ。そうした連中を片付けねばならぬ。不正を嗅ぎつけた寺社奉行の配下や幕府の隠密なんぞにも、ひとり残らず引導を渡さねばなるまい。わしらは信頼できる腕利きが欲しいのだ。微塵の躊躇《ためら》いもみせずに人を斬ってみせる、おぬしのような手練《てだれ》がな」

「はなしに乗ってもよい」

蔵人介はおもいとはうらはらの返事をし、間合いを詰めようと草履のまま床にあがった。

「勝手に動くな。矢背よ、おぬし、まことは誰かに雇われたのであろう」

「何故、そうおもう」

「陰間絡みの悋気ごときで、おぬしが刀を使うとはおもえぬ」

「ようわかったな」

「雇った者の名を言え」

「水巻勇次郎」

躊躇わず、元門番の名を口走った。

笹栗は京丸の背後で首をかしげる。

「知らぬなあ。何者だ、そやつは」

「おぼえがないのか。おぬし、その槍で人を葬ったであろう」

当てずっぽうに尋ね、返答を期待した。

「ああ、葬った。肥えた商人をな。どうせ、あくどく儲けておった阿漕な商人さ。そやつめ、日本橋の読売屋に金を払い、奪衣婆は騙り商売だと書きたてさせた。天佑が儲けすぎておるからだそうだ。ふん、他人の成功を妬《ねた》むような輩は死んだほうがいい。おかげで、穂先が血脂《ちあぶら》でぎとぎとになりおったわ」

期待どおりの返答を受け、蔵人介は迷わずにたたみかける。

「斬った商人の提灯持ちはどうした」

「はて、逃がしたかもしれぬ。まさか、そやつがわしの素姓を探しあてたと」

「さよう。町奉行所に訴えられたら、一巻の終わりだったな。提灯持ちはおぬしの顔を目に焼きつけ、死んだ主人の次男坊に喋った。父親は数年前に御家人株を買い、次男坊を侍にしてやったのだ」

「それが水巻某なのか」

「ああ、そうだ。苗字《みょうじ》帯刀を許され、千代田城の御門を守る番士になっておる。ちょっとした知りあいでな、親の仇《かたき》を討って欲しいと頼まれた」

どうにか辻褄《つじつま》を合わせ、蔵人介は肩の力を抜いた。

笹栗が問うてくる。

「報酬はいくらだ」

「三十両」

「ふん、それがわしの値打ちか」

「文句があるなら、雇い主に言え」

強気に出つつ、大股で一歩近づく。

「動くなと言うたはずだ。仲間になるなら、証拠《あかし》をみせてもらう」

「証拠とは」

「京丸を斬れ」

蔵人介は返答に詰まった。

こんどは、笹栗がたたみかけてくる。

「何を躊躇っておる。陰間の首と引換に大金を手にできるのだぞ。もしや、本気で京丸に惚れておるのか。まあ、わからんでもないがな」

蔵人介は、重々しく溜息を吐いた。

「承知した。証拠をみせよう」

「よし、ゆっくり歩け。ひとりだ、従者は動くな」

手招きされ、一歩ずつ近づいていった。

笹栗は逆しまに、吊るされた京丸から離れていく。

京丸との間合いが五間《けん》ほどになったであろうか。

蔵人介は足を止めた。

「そこからなら、一長足《ちょうそく》だ。居合の達人なら、一刀で仕留められよう」

笹栗との間合いも、さほど離れてはいない。

「殺《や》るがよい」

蔵人介は命じられ、ぐっと腰を落とす。

「ぬりゃ……っ」

派手な気合いとともども、腰の鳴狐を抜いた。

白刃は大きく弧を描き、すぱっと荒縄を断つ。

落ちてきた京丸を、蔵人介は傷ついた左腕で抱きとめた。

笹栗が驚いてみせる。

「ほう、助けたな。おぬし、金は要らぬのか」

予期せぬ方角から、槍の穂先が突きだされてきた。

「ぬっ」

けら首を左手で摑んだものの、力がはいらない。

すぐさま、槍を奪いかえされた。

「殿」

後ろで叫ぶ串部は、七、八人の浪人に囲まれていた。

金で雇われた野良犬どもが堂内に隠れていたのだ。

天佑は奪衣婆の陰に隠れ、じっと息を殺している。

笹栗は短槍を構えなおし、瘤のある額を寄せてきた。

「矢背よ、もしや、左手に傷を負っておるのか」

蔵人介はこたえず、鳴狐を黒鞘に納刀する。

「やはり、そうか。勝ちはみえたな」

笹栗はほくそ笑み、爪先で躙《にじ》りよってきた。

「残念だが、おぬしには死んでもらう。そぃ……っ」

槍を右手と一体にし、まっすぐに突いてきた。

――がっ。

蔵人介は何をおもったか、半分だけ抜いた白刃で受ける。

受けると同時に、長い柄の目釘《めくぎ》を指で弾いた。

刹那、八寸の仕込み刃が飛びだす。

「おっ」

笹栗は仰《の》け反《ぞ》った。

避けるべくもない。

蔵人介は仕込み刃を逆手に持ちかえ、ぐさりと額に突きたてた。

ちょうど瘤のまんなかに、根元まで刺さっていく。

「ぬぐ……ぬぐぐ」

刃を引き抜くと、夥《おびただ》しい血がほとばしった。

返り血を浴びても、蔵人介は動じない。

売僧《まいす》がまだひとり残っている。

屍骸となった笹栗の腰から、素早く本身《ほんみ》を抜きとった。

くるっと踵《きびす》を返すや、猛然と走りだす。

奪衣婆像の手前で、とんと床を蹴りつけた。

宙高く舞いあがり、眼下の闇に獅子吼《ししく》する。

「魔道へ堕ちよ」

片手持ちの刀を頭上に掲げ、微塵の迷いもみせずに振りおろした。

「なぎゃ……っ」

断末魔の叫びをあげたのは、騙りに一役買った奪衣婆であったのかもしれぬ。
木像はまっぷたつに斬りさげられ、稲妻でも当たったかのように裂けた。
濛々《もうもう》と塵芥《じんかい》の舞う床を見下ろせば、天佑が仰向《あおむ》けに倒れている。
何と、眉間から臍下《せいか》まで縦一文字に斬られていた。
偽の奪衣婆とともに、命脈を断たれたのだ。
凄まじい太刀筋に、浪人どもは震えている。
「ひぇっ」
ひとりが叫んで背を向けると、残りの者たちも逃げだした。
「お見事でござる」
串部が無邪気に喝采を送ってくる。
蔵人介はうなずきもせず、笹栗から奪った刀を捨てた。

十二

夕陽が山陰に沈みかけると、川面は一斉に燃えあがった。
船も船頭も船尾の水脈《みお》も、橋や河原や土手の草叢《くさむら》も、何もかもが赤く染まり、つかのま、時が止まったようになる。

――ぼん。

茜《あかね》に染まった筋雲の狭間に、花火が爆《は》ぜた。

本日二十八日は川開き、死者を弔うためにはじまった花火は真夏の到来を報せる風物詩となった。

両国《りょうごく》の大橋周辺の川面は、日暮れ前から大小の船で覆いつくされている。

矢背家の面々も屋形船を貸切りにし、柳橋《やなぎばし》の桟橋から繰りだすところだ。

「どうして、こんな贅沢ができるのでしょうね」

幸恵は数日前から納得がいかない。

すでに、養子の卯三郎《うさぶろう》と串部は船に乗りこんでいた。

客として招いた薫徳と呂庵とおふく、それに京丸の顔もある。

できれば、元門番の水巻勇次郎も誘ってやりたかった。じつは、喋ることができるまでに快復したのだ。床から離れられずとも、花火の音は聞こえているにちがいない。

おふくの腕には、尻尾の無い「三毛」が抱かれていた。

一段と肥えた猫は、気持ちよさそうに目を細めている。

おふくがそばにいるので、串部はすこぶる機嫌がよい。

「わしも猫になりたいのう」

などと言っては、みなから顰蹙《ひんしゅく》を買っていた。

「それにしても、主役がなかなかみえませぬなあ」

串部の眼差しは、桟橋で揉めている蔵人介と幸恵に注がれる。

蔵人介は困りはてた様子で言った。

「致し方なかろう。そのお方に船を借りきっていただいたのだ。われわれがさきに乗ることはできぬ」

「やはり、お断りすべきでしたのに」

幸恵が口を尖らせた。

「だいいち、船頭さんは三人も付いて、酒肴《しゅこう》から仕出し弁当の手配までしていただいております。出費を考えたら、安易にお受けできなかったはず」

「今さら文句を言うてもはじまらぬ。それに、ご厚意はお受けせぬと、かえって無礼になる」

そうしたやりとりの最中、桟橋がにわかにざわめき、屋形船を貸切りにした主役が颯爽《さっそう》とあらわれた。

琴である。

侍女の葛も後ろにしたがっていた。

いつもと様子がちがうのは、琴が黒い布で顔を隠していないことだ。

「ほう」

串部が感嘆の声を漏らした。

どうしたことか、蝦蟇腫がきれいに無くなっている。

蔵人介は我を忘れ、琴の顔をみつめた。

なるほど、虞美人という呼称に偽りはない。

齢など関わりなく、まことに美しい面立ちだ。

それだけに、かたわらの幸恵は気が気ではない。

船の縁から身を乗りだし、串部が声を張りあげた。

「琴さま、お待ちしておりましたぞ。いやあ、驚きましたな。さすが、毒の師匠はすごい」

「いやいや」

指名されて、薫徳が頭をぽりぽり掻く。

じつは蔵人介の依頼で、薫徳が青黴《あおかび》から抽出した濾液《ろえき》を患部に注入したところ、蝦蟇腫は嘘のように消えたのだ。青黴を繁殖させる食材として使ったのは、御膳所でしか手にはいらぬ「白乳酪《はくにゆうらく》」なる代物《しろもの》らしかった。

「要は、牛の乳であろう」

呂庵が興味深げに尋ねると、薫徳は恥ずかしそうにうなずいた。

「牛の乳より以前に、腐らせた蜜柑《みかん》の青黴で効果を試しとったんや。青黴をそのまま嘗めたら腹を壊すけど、たまさか嘗めた女郎の瘡が治りましてな」

腫れ物で死にかけた鼠に濾液を注入したら、見事に生きかえったのだという。

「ふうん、鼠がのう」

「人で験《ため》したんは、はじめてのことで。琴さまには感謝しても仕切れまへん。しかも、こないな屋形船にまで乗せてもらって。もう、いつ死んでも本望や」

いつも皮肉ばかり漏らす偏屈者の薬師が、琴のまえではしおらしくしている。

「借りてきた猫のようだね」

「なあご」

おふくの台詞《せりふ》に、三毛も暢気にこたえてみせた。

やがて、琴女主従と蔵人介夫婦も乗りこむと、屋形船は川面に滑りだした。

――ぼん。

花火の爆ぜる音が響いている。
すでに陽は落ち、あたりは薄暗くなっていた。
船頭たちは巧みに棹を使い、船と船の隙間を縫うように漕ぎすすむ。
大橋を潜って川下に向かうころには、暗さ加減もよい塩梅になってきた。
――ひゅるる、ぼん。
大橋のうえに高々と、大輪の花が咲きほこる。
「あれは紫陽花かねえ。それとも、向日葵《ひまわり》かねえ」
おふくが満面の笑みで言った。
「恐れ多くも、葵《あおい》じゃねえのか」
呂庵は陽気に応じ、盃をひょいとかたむける。
蔵人介は何気なく、琴の横顔に目をやった。
尋ねたいことがあったのを思いだしたのだ。
最初に会った瞬間、どうして驚いたのか。
その理由を聞かねばなるまい。
だが、今宵は無理であろう。
――ひゅるる、ぼん。

花火がまた爆ぜた。

「玉屋《たま》ぁ」

幸恵はやけっぱちになって叫ぶ。

「鍵屋《かぎ》ぁ」

と、すかさず応じたのは、蔵人介であった。

船はのんびり進み、石川島《いしかわじま》や佃島《つくだじま》を左手に眺めながら河口へ向かう。

「なあご」

花火の代わりに、三毛が鳴いた。

志乃が居てくれたらと、考えずにはいられない。

いったい、何処へ行ってしまわれたのか。

「……養母上」

できることなら、花火の爆ぜる音を何処かで聞いていてほしい。

幸恵も卯三郎も串部も、同じおもいを抱いているにちがいない。

三毛がおふくのもとを離れ、蔵人介の膝にちょこんとおさまった。

その温《ぬく》もりが何よりも貴重なものに感じられ、不覚にも涙が零《こぼ》れそうになった。

十寸髪《ますかみ》

一

左肘に傷を負っても、蔵人介は平然と御膳奉行の役目を全うした。

心の保ちよう次第では痛みを完璧に消し去ることができる。汁椀を持つ手は震えることもなく、すぐそばに座る相番でさえも微妙な変化に気づかなかった。

水無月《みなづき》になると御膳の品も変わり、鱸《すずき》の洗いや鮒《ふな》の煮こごりや石持《いしもち》の塩焼きなどが並ぶようになる。鯛は山葵《わさび》醤油の付け焼きにし、鯒《こち》の吸い物には夏大根の輪切りなどが添えられた。水貝《みずがい》は角切りにして前田《まえだ》家献上の氷片を添え、三杯酢でぺろりと食す。同役のなかには美味そうに料理を味わう輩もあったが、蔵人介にそのような素振りは毛ほどもない。

あいかわらず、志乃の行方についてはわからぬままだが、吾助とおせきがひとつずつ糸口になるかもしれぬことをみつけていた。

まず、吾助は何日も掛けて江戸じゅうの質屋を駆けずりまわり、家宝の国綱《くにつな》を探しあててきた。志乃は国綱を質草にして路銀《ろぎん》をつくり、やはり、京へ向かったのだろうとおもわれた。

一方、おせきは以前から気になっていた本所回向院《ほんじょえこういん》へ日参し、志乃らしき女性が行方《ゆきがた》知れずとなった直後に訪れていたことをつきとめた。「身内にも漏らすでない」と命じられていたことだが、志乃は三月に一度はかならず回向院の水子地蔵へ詣でていたらしい。おせきも供養の理由までは聞かされていなかった。ただ、志乃が京へ旅立つ直前、回向院に立ち寄って何らかの願掛けをしたことだけはわかった。足跡の一端が判明したことで、いっそう深い迷路の奥へ導かれてしまった感もある。

蔵人介は今、日本橋の本町大路をめざしていた。

焦げつくような陽光は西へかたむき、自分と背後につづく串部の影を地べたに長々と映している。

満々と水を湛《たた》えた日本橋川には一石橋《いっこくばし》が架かり、橋を渡ったさきには迷子石が立っていた。正面には「満《ま》よひ子の志《し》るべ」と刻まれ、左右には「たづぬる方」と「志らす類方《る》」の文言が読める。上部の窪みには、迷子や尋ね人の人相と特徴の綴られた紙が束になるほど貼ってあった。

詮《せん》無いこととはわかっていながらも、紙を一枚一枚捲《めく》りたい衝動に駆られた。

「じつは、それがしも探してみました」

串部が落ちこんだ口調で言う。

「大奥さまが何か言伝《ことづて》を残しておられまいかと。無駄骨にござりました。かようなところに言伝を残す意味などありませぬからな」

無駄骨でも探したくなる。藁《わら》をも摑む心境とは、こういう心持ちなのかもしれない。

土手に佇む黒褐色の枯れ花は靫草《うつぼぐさ》であろうか。

枯れた花穂《かすい》は小便を促す薬剤となる。「夏枯草《かごそう》」の異名で呼ばれるとおり、紫色の豪華な花を咲かせた面影すらもない。

志乃は梅雨時の花を好んだ。

何が悲しいと言えば、庭の紫陽花や石榴《ざくろ》は言うにおよばず、道端の靫草や十薬《じゅうやく》などもすべて枯れてしまったことだ。

「されど、面白いのは南瓜《かぼちゃ》でござる」

こちらの心を読んだかのように、串部が絶妙な相の手を入れてきた。

「夏のあいだじゅう、大きな黄色い花をつぎつぎに咲かせまする。殿にも一度、目にしていただきとうござりましてな」

広大な南瓜畑をみたいなら雑司ヶ谷《ぞうしがや》か内藤新宿《ないとうしんじゅく》まで足を運ばねばならぬが、日本橋のまんなかにも黄色い花を目にできる菜園があるという。

「さあ、着きましたぞ。ほら、あれに」

立ちどまって見上げれば、高い黒塀で厳重に囲まれた屋敷が超然と佇んでいた。

金座である。

千代田城大手《おおて》御門からつづく常盤《ときわ》橋御門を渡ってくると、土地の値も格式も江戸で一番高い日本橋の本町大路が東西に延びている。大路のとっかかりに位置する本町一丁目のなかで、じつに三千坪を超える敷地が、金座の差配を任された後藤三右衛門に与えられていた。

地上からでは把握もできぬほど広大な敷地の片隅に、塀の途切れた箇所がわずかにある。猫の額ほどの狭い菜園らしきその場所には、なるほど、黄色い南瓜の花が咲きみだれていた。

「ひょっとしたら小判が詰まっているのではと夢想し、秋になると南瓜を盗みにくる不心得者が後を絶たぬとか」

金座は佐渡《さど》の金山などから地金を集め、敷地内の吹所《ふきしょ》で小判や一分金を鋳造《ちゅうぞう》する。金貨の表に彫金師の名である「光次」の花押《かおう》の験極印《けんごくいん》を焼きつけ、包金《つつみがね》の包封や新旧金貨の交換などもおこなう。金貨ばかりか銭貨についても、鋳造から発行までのいっさいを任されていた。

もちろん、監視態勢はきわめて厳重で、関わりのない者が敷地内に潜入することはできない。出入りする職人たちは尻の穴まで調べられ、まんがいち金貨を持ちだそうとする者があれば、問答無用で首を刎《は》ねられる。

後藤三右衛門は高額の報酬と引換に腕の立つ侍たちを雇い入れ、町奉行の許しを得て金座役人に仕立てていた。

「五人までは確かめました。いずれも、ただならぬ力量の持ち主かと。そやつらが交替で南瓜の水遣りをやっております」

それにしても、何故、南瓜などを育てているのか。

素朴な問いを口にせず、蔵人介は性急に尋ねた。

「五人の束ねが、痩せ男なのか」

「そこが今ひとつわかりませぬ。何せ、金座の周囲には痩せ男の気配すらありませぬからな」

すでに、ふた月余り、痩せ男とは遭遇していない。

「本人も認めておりますから、後藤三右衛門の飼い犬であることは確かですが、いったい何処におるのやら」

一方、三右衛門自身はと言えば、夜はほとんど出歩かず、会食の際はかならず隠密行動をとるという。

強面の金座役人が外に出てきたので、ふたりは後ろを向いて物陰に身を隠した。

「なるほど、南瓜畑が勝手口への通路になっておるのか」

「仰せのとおりにござる。おそらく、あそこがもっとも警戒の薄い通路にござりましょう」

金座役人が南瓜の水遣りを終えるころには日没となり、石町《こくちょう》の時鐘が暮れ六つ(午後六時)の余韻《よいん》を響かせているうちに、そっと夕闇が忍びこんできた。

二

誰も居なくなった菜園の縁に、編笠をかぶった侍が立っていた。

「ん、いつの間に」

編笠侍は南瓜畑に踏みこみ、わかりづらい裏木戸のほうへ向かう。

蔵人介は身を乗りだした。

「殿、どういたしましょう」

串部の問いに応じかけたところへ、別の人影があらわれた。

菜園の縁で地を蹴り、ひらりと宙に舞いあがる。

「あっ」

蔵人介は声をあげた。

風体といい、身のこなしといい、痩せ男にそっくりなのだ。

迷わず、駆けだしていた。

「へやっ」

刺客らしき男は畑に舞いおり、反りの深い刀を抜きはなつ。

ようやく気づいた編笠侍は、どしんと尻餅をついた。
「村田清風《むらたせいふう》だな」
刺客のくぐもった声が聞こえてきた。
「くっ、間に合わぬ」
蔵人介は脇差を抜き、菜園の縁から投げつける。
――ひゅん。
刺客が振りむいた。
女か。
いや、女面を付けている。
――きいん。
女面の刺客は軽々と脇差を弾いた。
蔵人介は低い姿勢で迫り、抜き際の一刀を薙《な》ぎあげる。
「ふん」
風が渦を巻いた。
刺客は、ふっと消える。
上か。

仰け反って見上げるや、垂直の高みから白刃が落ちてくる。

――がしっ。

十字に受けた途端、背骨が軋んだ。

「ぬうっ」

重い。

袖を軽く振ったようにみえただけなのに。

「その技、無拍子流の空下り。おぬし……」

痩せ男なのかと質す暇も与えられず、刺客はふわりと後方へ飛び退き、塀の向こうへ目にも留まらぬ速さで逃れていった。

「待て」

串部が必死に追いかける。もはや、追いつくことはできまい。

「あの女面、十寸髪《ますかみ》か」

眉を刷《は》かず、眉間に皺を寄せていた。神憑《かみがか》った年増の巫女《みこ》を想起させるが、能の演目では『三輪《みわ》』の三輪明神や『龍田《たつた》』の龍田姫などの女神に扮したシテが付けて舞う。

痩せ男ではあるまい。

それにしても、何故、刺客は十寸髪の女面を付けていたのか。

首を捻ったところへ、編笠侍が近づいてきた。

「かたじけない。命拾いをいたしました」

編笠を取って丁寧にお辞儀し、わざわざ拾ってきた脇差を寄こす。

好々爺《こうこうや》のごとき面相の老臣であった。

「刺客の台詞をお聞きになったやにおもうが、それがし、村田清風と申します。本来なら名乗ることなどできませぬが、ばれてしまった以上は仕方ない。貴殿の御名もお教え願えませぬか」

「矢背蔵人介と申す」

「お旗本とお見受けいたすが」

「さよう」

「ほっ、山勘が当たりおった。まさか、大目付《おおめつけ》の御配下ではあられまいな」

「ちがいます。大目付の配下では何か不都合なことでも」

「一藩の浮沈に関わりまする」

村田は重々しく言い、威嚇《いかく》するように睨みつけてくる。

蔵人介は眼差しをまっすぐ受けとめ、ふっと微笑んだ。

「ご安心を。それがし、御膳奉行にござる」

「ほっ、お毒味役であられたか。や、ひと安心。されど、何故、こちらへ」

「偶《たま》さかでござる。南瓜の花でも愛《め》でようかと」

「なるほど、南瓜の花か。ところで、それがしの名にお聞きおぼえは」

「ござりませぬが」

「ならば、多くは語るまい。されど、調べればすぐにわかること。それがしは毛利《もうり》家の者にござる。命を救っていただいたうえに、お願いするのも厚かましいが、ここで目にされたことは内密にしていただきたい」

誰かに喋る気もないので、蔵人介はうなずいてやる。

村田は安堵の溜息を吐き、腰を折るほど頭を下げた。

「かたじけない。貴殿は当家を救うてくれた」

ずいぶん大袈裟《おおげさ》なことを言い、後退《あとじさ》りしながら踵《きびす》を返すや、裏木戸の向こうへ消えていく。

あらかじめ、金座を訪ねる段取りになっていたのだ。毛利家とは、長州《ちょうしゅう》萩《はぎ》藩三十六万九千石のことであろう。雄藩《ゆうはん》の重臣とおぼしき人物がたったひとりであらわれ、裏口から金座に消えていった。しかも、痩せ男に似た風体で同じ技を使う刺客に命まで狙われたのだ。

村田清風の密談相手が後藤三右衛門だとすれば、大目付としては看過できぬ内容が語られるにちがいない。

三右衛門に全幅の信頼を寄せる水野忠邦は把握していることなのだろうか。

知らぬとすれば、村田清風は、いや、毛利家はいったい、何を企んでいるのか。

ともあれ、後藤三右衛門が危ない橋を渡ってもよいと判断するだけの内容なのであろう。しかも、大金が絡んでいるにちがいない。

素姓を明かした以上、命を狙われる危うさも孕んでくる。

蔵人介はそこまで推測できても、大目付に訴えでようとはおもわなかった。

密談の内容よりも気になるのは、やはり、十寸髪の女面を付けた刺客のことだ。

どうにかして捜しだし、正体を見極めねばなるまい。

そのためには、村田清風をあっさり逃すわけにはいかぬ。

蔵人介は袖をひるがえし、夕闇に沈む南瓜畑に背を向けた。

三

三日後、村田清風と再会する機会はおもいがけない人物の仲介で訪れた。練兵館《れんぺいかん》の総帥、斎藤弥九郎《さいとうやくろう》である。

養子の卯三郎にとっては剣の師匠であり、蔵人介も日頃から懇意にしていた。十寸髪の刺客に投擲した脇差も、二年前に斎藤から頂戴した秦光代《はたみつしろ》の銘刀なのだ。卯三郎は十人抜きを達成した褒美に秦光代の刀を頂戴し、蔵人介は斎藤と道場で互角の勝負を演じた記念に「鬼包丁《おにぼうちょう》」と呼ぶ脇差を貰い受けた。

「ご継嗣《けいし》の上達ぶりをご覧になられよ」

そのような斎藤からの申し出は稀《まれ》にもないことなので、首をかしげながら九段《くだん》坂上の道場を訪ねてみると、百畳敷きにおよぶ板間の片隅に村田清風が座っていた。

「ふうん、そういうことか」

即座に、仕組まれたと合点したのである。

練兵館の門弟には長州萩藩の連中が多い。道場に気合いを響かせる者の大半は毛利家の上士たちであり、三十畳敷きの寄宿所に寝転んでいる者の多くも同家の下士たちにほかならぬ。

それゆえ、同家の重臣とおぼしき村田が道場に出入りしても不思議ではなかった。おそらく、村田は蔵人介の素姓を調べ、継嗣が練兵館の師範代だと知り、秘密保持の約束を徹底させるために親しくなっておこうと判断したのだろう。

命を狙われるよりはましかもしれぬと、蔵人介はそこまで邪推しつつ、村田のもとへ近づいていった。

事情を知らぬ斎藤が、横からぬっと割りこんでくる。

「よくぞお越しくだされた。ご紹介いたそう。こちらは毛利家の御当役並《ごとうやくなみ》、村田清風さま。幕臣随一の剣客に是非一度お目に掛かりたいとのご希望でな、それならばと拙者がひと肌脱いだ次第にござる」

すかさず、村田は明るく応じた。

「斎藤先生、それがしは当役並ではござらぬ。一介の算盤《そろばん》侍にすぎませぬゆえ、どうかご容赦くだされ」

当役とは江戸家老のことで、長州萩藩の組織は当役の差配する行相府と、当職と呼ぶ国家老の差配する国相府に大きく分かれる。藩政の実権は江戸表《おもて》の行相府が握っており、行相府の者たちは藩主に直属して参勤交代にもしたがった。

蔵人介も藩の内情についてある程度は調べたので、村田が予想以上の大物であることもわかっている。

小身《しょうしん》の身分から立身出世を果たし、四年前、藩主の敬親《たかちか》公より直《じか》に藩財政の建てなおしを命じられた。それほどの人物である。肩書きは仕組掛《しくみかかり》だが、その双肩には三十六万九千石の命運が託されていると言っても過言ではなかった。

斎藤が大きなからだを折り、親しげにはなしかける。

「お殿さまは国許におられるゆえ、村田さまもてっきりそちらかとおもいきや、こうして江戸表におられる。されど、数日のうちにはまた、千石船で国許へ立ちもどらねばならぬとか。まこと、忙しのうござりますな」

「正直、身ひとつでは足りませぬわい。ふほほ」

屈託《くったく》無く笑う村田にたいし、蔵人介は鎌を掛けてみた。

「ところで、当道場へはどのような御用で」

戸惑う村田に代わり、斎藤が応じた。

「『獅子《しし》の廊下』に参じさせる若侍を見出しにこられたのさ」

「獅子の廊下」

萩城本丸の大広間から書院にわたる幅広い廊下には、力強い唐獅子の描かれた杉戸がはめられている。廊下の一角に築かれた執務室には有能な中下士が集められ、藩政を左右するさまざまな施策が策定されていた。つまり、藩政改革をおこなうための詰め所の通称が「獅子の廊下」であり、長州の藩士ならば誰もが憧れを抱く呼び名なのだ。

村田清風は「獅子の廊下」を仕切っている。

藩は最近まで、銀八万貫（約百三十万両）におよぶ重い負債に喘《あえ》いでいた。改革の全権を託された村田はまず、御用商人への負債は無利息元金据置の年賦《ねんぷ》償還にするという条件を取りつけ、最大の窮地を切りぬけた。

さらに、藩の国産会所に委ねられていた藍《あい》に関する統制を撤廃し、綿の販売からいっさいの縛りを解き、櫨《はぜ》などの販売についても統制を弛《ゆる》めた。一方では百姓に飴を与えておきながら、他方では「馳走米」と呼ばれる増税をおこない、百姓の不満を抑えるべく、藩士たちの俸禄も半減に踏みきった。

たいへんな痛みをともなった荒療治である。当然のごとく、性急すぎる改革は守旧派の上士たちから反発を招き、村田の命を狙う者まで出てきた。それゆえ、算盤のみならず、剣技にも秀でた精鋭を捜しているとのことらしい。

「ご覧あれ、門弟たちが目の色を変えてござろう」

長州の門弟たちはみな、獅子の廊下で名を挙げたいとおもっているのだ。

斎藤の眼差しをたどっていくと、黙々と木剣で素振りを繰りかえす卯三郎のすがたに行きあたった。

「そのあたりの事情は卯三郎にも吹きこんでおきましたが、あやつのことゆえ、まあ、手加減はせぬでしょう。矢背どのもよろしかったら、ひと汗流していかれてはいかが」

「いいえ、遠慮させていただきます」

「さようか。まあ、無理強《じ》いはいたしませぬがな」

ぎろりと目を剝く斎藤は、このところ幕府要人との接触が多いゆえか、以前よりも口調や態度が高慢になった。からだにも張りがない。これでは「俊敏、神のごとし」と賞賛された動きも精彩を欠くにちがいない。ともあれ、精神のありようは剣の衰えにも繫《つな》がるので、機をみて忠告せねばなるまいとおもっていた。

「館主がお相手なら、手合わせしてもよろしゅうござる」

挑むような口調で投げかけると、斎藤にするりと躱《かわ》された。

「いやいや、それがしは立ち合わぬ。相手が矢背どのとあれば、潔斎《けっさい》して当たらねば仕損じるゆえな」

さすがに、みずからの状態はわきまえているようだ。

斎藤は門弟たちに向きなおり、腹の底から声を張った。

「木剣の扇」

五人の門弟が呼応し、ぱらぱらと躍りだしてくる。

そして、師範代の卯三郎を要《かなめ》に置き、扇の形になるように囲んだ。

「村田さま、それがしの目で選んだ五人にござります」

「ふむ」

斎藤の説明にうなずきつつも、村田は問いかけた。

「ひとつ、よろしいか」

「何でござりましょう」

「あの五人、いずれも上士の子息と見受けられるが」

「おわかりでござるか。いや、さすがですな。されど、ご懸念にはおよびませぬ。

練兵館はひとたび門を潜れば、身分や貴賤《きせん》の差を問いませぬ。誰もが同じ一線に立ち、剣の力量ひとつで優劣は決まる。できる順に選んだところが、ああなっただけのことでござる」

「承知しました。されば、じっくり拝見いたそう」

蔵人介はふたりから目を逸《そ》らし、板壁に貼られた「無念」の字をみつめた。

神道無念流《しんとうむねんりゅう》は信州の飯綱《いづな》権現に縁を持つ。流祖が飯綱権現に参籠《さんろう》し、無念の境地で神旨を受けたことが流派名の由来なのだ。

「はじめぃ……っ」

斎藤弥九郎の掛け声に、蔵人介は雑念を破られた。

四

右端のひとりが動き、猛然と打ちこんでいく。

――ばしっ。

卯三郎は横三寸の動きで躱し、袈裟懸けに払って木剣を叩き落とした。

膝を屈した門弟は、痺《しび》れた両手をみつめる。

「退けぃ」

斎藤の声に反応し、転がるように端へ逃げた。

何しろ得物《えもの》は樫《かし》の木、竹刀《しない》ではない。まともに当たれば骨も折れようが、誰も防具ひとつ着けていなかった。ちょっとした拍子のずれが大怪我に繋《つな》がるので、みているほうも息が詰まる。

「つぎっ」

卯三郎の掛け声に呼応し、ふたり目が床を蹴った。

歩み足で打ち間に踏みこみ、左右面の連打から諸手《もろて》突きを試みる。

卯三郎は慌てずに受け太刀を取り、仕舞いには柔術技の足払いで相手を仰向けにさせた。

間髪《かんはつ》を容《い》れず、三人目が迫る。

要に立つ者を休ませずに車懸《くるまが》かりで攻めたてるのが、扇なる組太刀の真骨頂なのであろう。

「とあっ」

三人目は平青眼《ひらせいがん》から突きに転じ、ぐんと伸びて卯三郎に二段突きを浴びせた。

流派で「飛鳥《ひちょう》」と呼ぶ技だ。

卯三郎は鬢の脇すれすれで躱し、相手の空いた脇胴をしたたかに打つ。

――ばすっ。

鈍い音が道場に響いた。

肋骨でも折れたにちがいない。

悶絶《もんぜつ》する仲間を顧《かえり》みず、四人目が気合いもろとも迫った。

「つぇ……っ」

頭から突っこみ、ひらりと躱されるや、背腰に打ちこまれる。

――ばしっ。

容赦のない一撃であった。

五人目は構えから推すと、少しは歯ごたえがありそうだ。

体《たい》を横に開き、打ち間に入るや、片手で弓を放つように面を狙う。

流派の居合にある片手斬りであった。

卯三郎も手の内はわかっているので、放たれた片手打ちを強烈に弾き、弾くと同時に諸手突きに転じる。

「……ま、参った」

最後のひとりも両膝をつき、為す術もなく項垂《うなだ》れた。

一方、卯三郎はと言えば、呼吸ひとつ乱していない。

蔵人介の目でみても、力量に差がありすぎる。

「ふん、情けない連中だな」

選んだ五人の不甲斐なさに、斎藤も臍《ほぞ》を噬《か》んだ。

「ほかにおらぬか。われとおもう者はおらぬのか」

道場は静まりかえった。

長州者の汚名を雪《すす》がんとする骨のある者はいない。

意外な行動を取ったのは、卯三郎のほうであった。

木剣を左手に提《さ》げてゆっくり歩き、道場の端で小さくなっていた門弟のまえで足を止める。

「おぬし、梨羽進悟《なしばしんご》と申したな」

「……は、はい」

脅《おび》えた口調で応じたのは、色白の瘦せた若侍だ。

「入門して何日になる」

「三日になります」

「されば、当道場の作法を教えてつかわそう」

格別の理由でもないかぎり、卯三郎はこういうことをしない。

斎藤もわかっているので、梨羽進悟との申し合いをみとめた。

ただし、木剣は使わせず、面籠手《めんこて》を着けぬ竹刀での一本勝負と定められた。

「あれは、下士にござろう」

ぽつんと、村田が漏らす。

身分にこだわってしまうのは仕方のないことだ。いずれの藩も、上士と下士のあいだに堅固な壁が存在する。ことに、長州萩藩は壁が分厚くて高い。往来で下士が上士に出会った際は、雨の日でも道端に土下座しなければならず、泥だらけになった下士の連中はいつも悔し涙を呑んでいた。

道場内では身分の差を問えぬことになっているが、正直、それは建前にすぎない。何かと忙しい斎藤はほとんど道場におらず、師範代の連中とて隈《くま》無く目配りができるわけではなかった。

町道場の評判は生き物である。今や、練兵館は長州萩藩の上士たちに支えられていると言っても大袈裟なはなしではない。道場の隆盛を支えるためなら、不穏な空気を察してもみてみぬふりをせねばならず、卯三郎にとってもそれが悩みの種になっているようだった。悩み事などいっさい口にせぬが、顔をみればちゃんとそう書いてある。

梨羽進悟なる若侍には、門弟たちの冷ややかな眼差しが集まっていた。

卯三郎は立礼をし、竹刀を青眼に構える。

「はじめぃ……っ」

斎藤の声が掛かるすると、両者はするすると間合いを詰めた。

梨羽の動きはぎこちない。だが、作為のようなものを感じた。

ひょっとして、わざと弱くみせようとしているのではないか。

そうだとしても、剣客の本性は容易に隠しきれるものではない。

おそらく、梨羽を指名した卯三郎がそのことをいちばんわかっている。

わかっている以上、小手先の技を封じ、一撃目で本気の技を仕掛けるにちがいない。

──とあっ。

卯三郎は上段の構えから、意表を衝《つ》いた動きに出た。

上段に隙をつくって誘い、闇雲に躍りこんでくる相手の竹刀を鎬《しのぎ》で撥《は》ねあげるや、勢いのままに切っ先を左から右へ大きく旋回させたのだ。

「竜尾《りゅうび》返しか」

蔵人介はおもわず、奥義《おうぎ》の名を口ずさむ。

新参者相手に使う技ではない。

かたわらの斎藤と村田も、つられたように身を乗りだす。

つぎの瞬間、梨羽は肩か肋骨を打たれるであろう。

白目を剝いて昏倒《こんとう》するかもしれぬ。
と、つかのま、梨羽は消えた。
「上だ」
蔵人介が叫ぶ。
仰け反った卯三郎に向かって、巌《いわお》のごとき一撃が落ちてきた。
「うっ」
やられたと、蔵人介はおもった。
——ばしっ。
刹那、竹刀の木っ端が飛び散る。
卯三郎は構えも取らず、呆然と立ち尽くしていた。
打たれてはいない。梨羽の竹刀は床を叩いたのだ。
見物する者たちはみな、息をするのも忘れている。
梨羽は卯三郎のそばに蹲《うずくま》り、石像のように動かない。
粉塵《ふんじん》の濛々《もうもう》と舞う床には、折れた竹刀が転がっていた。
「……あ、あやつめ」
怒りとも驚きともつかぬ口調で、斎藤が吐きすてる。

叩いたのが床でなければ、卯三郎は脳天を砕かれていたかもしれず、それほど熾《し》烈《れつ》な一撃であった。

「過信だな」

斎藤が苦々しげに吐いた。

たしかに、相手を下にみて験そうとした瞬間から、勝負は決していたとみるべきだろう。

不甲斐ないとも口惜しいともおもわず、蔵人介は別の感慨を抱いている。

垂直に跳んだ梨羽の動きを、自分だけが予知できた。

三日前に南瓜畑で目にした刺客の動きと重なったからだ。

垂直に跳んだ身のこなしだけではない。床板を叩いた梨羽の太刀筋は無拍子流の「空下り」に似ていた。

「十寸髪《ますかみ》なのか」

蔵人介のつぶやきは、小さすぎて誰も聞き取れない。

村田が身を寄せ、囁きかけてきた。

「矢背どの、あの者はいかがでござろう」

蔵人介は即座に、首を左右に振った。

「あの者はしばらく、練兵館で修行を積ませたほうがよろしいかと」

村田は残念そうにうなずき、道場の中央へ目を移す。

梨羽進悟は床に両手をつき、卯三郎が聞いていないにもかかわらず、竹刀をふたつに折ってしまったことを謝りつづけていた。

五

卯三郎は辛い過去を持つ。三年前、納戸《なんど》払方《はらいかた》の兄が上役の不正に加担できずに気鬱となり、おのれの手で母を殺めて自刃した。兄の仇を討とうとして上役の屋敷に乗りこんだ父も返り討ちにされ、家は改易とされたのだ。

天涯孤独となった卯三郎は隣人の矢背家に庇護《ひご》され、やがて、蔵人介や志乃の課した厳しい試練を経たすえに継嗣としてみとめられた。どういうきっかけだったにせよ、そうなる宿命《さだめ》であったというしかない。

鬼役を継ぐ者は剣に優れていなければならず、実子の鐵太郎にその資質はなかった。ゆえに、医術の道を進むべく家を出た。鐵太郎にも家の者にも、何ひとつわだかまりはない。ただ、卯三郎自身は申し訳なさを払拭《ふっしょく》できておらず、時折、割り切れない気持ちが太刀筋にもあらわれる。

梨羽進悟と対峙した卯三郎は精彩を欠いていたのかもしれない。

ただし、さまざまな事情を差し引いても、梨羽の実力は本物だった。

蔵人介は卯三郎に村田清風との経緯をはなし、梨羽進悟から目を離さぬようにと命じた。

そして翌朝、みずからは向島の草庵へ足を向けた。

かねてより、琴から茶会に誘われていたのである。

琴が身を寄せる草庵は、桜餅で知られる長命寺《ちようめいじ》の裏手にあった。

涼風の吹きぬける竹林に囲まれたところで、知りあいの連歌師《れんがし》に貸してもらったのだという。

ひとりで訪ねてみると、侍女の葛がにこりともせずに出迎えた。

導かれた小部屋は枯山水の庭に面しており、天井の梁が一本もない。大きな唐傘を開いたかのような造作《ぞうさく》は、秀吉の妻ねねの菩提《ぼだい》を弔う高台寺《こうだいじ》の『傘亭《かさてい》』を彷彿《ほうふつ》とさせる。光に溢《あふ》れた茶室の一角では鶴首《つるくび》の茶釜が湯気を立てており、主人の琴は手慣れた仕種で茶の仕度をしていた。

「さあ、こちらへ。侘《わ》びた風情の又隠《ゆういん》をご想像されはったんか」

「ええ、まあ」

「ふふ、正直なお方や。お江戸の旦那衆は茶室はみんな暗うて狭いとおもてはりますけど、利休はんのように辛気《しんき》臭いんを好まへんのどす」

琴はさくさくと茶筅《ちゃせん》を振り、陽気に抹茶を泡立てる。

花火のときに屋形船に同乗して以来だが、何やら親密さが増したようにも感じられた。

「さあ、どうぞ」

すっと差しだされたのは、鮮やかな碧色《へきしょく》の地に金彩《きんだみ》と青彩の鱗文《うろこもん》を配した茶碗であった。

蔵人介は茶碗を手に取り、優雅に茶をふくんでみせる。

「見事なお茶碗ですやろ。陶工は京焼の野々村仁清《ののむらにんせい》、尾形光琳《おがたこうりん》に通じる派手好みの逸品どす。何年か前、とあるお方から頂戴いたしました。家宝にしようおもて。じつを申せば、今はじめて使わせていただいたんどす」

「えっ」

「驚いたんは、こっちのほうや。矢背さまにはじめてお目に掛かったときは、心ノ臓が止まるかとおもうたわ」

琴は悪戯《いたずら》っぽく微笑みながらも、まさしく、蔵人介が聞きたかったことを喋ろうとしている。

茶を呑んだばかりだというのに、咽喉《のど》が渇いて仕方なかった。

「もう一杯、いかが」

琴は動揺を察したかのように言い、ふたたび、茶の仕度に取りかかる。

何故、家宝の茶碗で茶を点《た》ててくれるのか。邪推しても詮無いはなし、すぐに理由はわかる。だが、理由を聞くのが恐いような気もするし、おもいだしたくもない記憶を呼びさまされるのではないかという危惧《きぐ》もあった。

琴は京で生まれ、幼いころより優雅な暮らしをつづけてきた。顎に蝦蟇腫ができるまでは、宮中でも噂になるほどの美貌ぶりを誇っていたとも聞いた。それならば当然のごとく、蔵人介の秘されたもうひとつの顔を知る機会もあったはずだ。

「さあ、どうぞ」

蔵人介は差しだされた二杯目の茶を呑み、ほっと溜息を吐いた。

「仁清の茶碗をくれはったおひと、もうおわかりやとおもいますけど、あなたさまにそっくりなおひとや。他人のそら似と言うのやろか、あなたさまのお顔を拝見したとき、そないなこともおもいました。せやけど、矢背さまの養母上さまが八瀬家の血を引くお方やと聞いて、他人のそら似やあらへん、やっぱり血が繋ごうとんのやとおもいました。何せ、八瀬衆は近衛さまと浅からぬ縁がありますからな」

琴に茶碗を下賜《かし》したのは、近衛家第二十七代当主の忠熙《ただひろ》公であった。内大臣として帝《みかど》からの信頼も厚く、統仁《おさひと》親王を後見する東宮傅《とうぐうふ》の役目をも担っている。文字どおり、雲上人《うんじょうびと》のひとりと言っても差しつかえあるまい。満天下に名の知られた茶頭《さどう》でもないかぎり、五摂家筆頭の当主に茶を点てる機会など得られるはずもないが、琴は醍醐《だいご》の花見の際に一度だけ野点《のだて》の茶を楽しんでもらったことがあるという。

今から一年半ほど前、近衛家の菩提寺である大徳寺《だいとくじ》のそばで、蔵人介も忠熙公に対面した。輿《こし》に乗っていたのは、自分とうりふたつの人物だった。激しく動揺し、自分を見失いかけた。無理もあるまい。密命を帯びて京へ上り、みずからの与《あずか》りしらぬ出来事に遭遇したのだ。

忠熙公から「兄上」と呼ばれたとき、遥か遠いむかしへ導かれていくような錯覚を感じた。

まだ年端《としは》もいかぬころ、洛中では幼子の神隠しが流行していた。人々は天狗の仕業だと畏《おそ》れたが、盗まれた子は金になる皇族の子ばかりで、どう考えても人買いの仕業にまちがいなかった。

数奇と言えば、あまりに数奇な運命だったのかもしれない。自分は近衛家に血脈を持つ者として生まれた。不運にも人買いに攫《さら》われたあげく、薩摩と肥後の国境に近い村で捨てられた。そして、途方に暮れていたところを、幕府隠密の孫兵衛に拾われた。さらに何の因果か、近衛家と浅からぬ因縁のある矢背家へ養子に出されたのだ。

憔悴《しょうすい》しきった頭でそんなことを考えながら、江戸に戻ってきたのをおぼえている。

すべてが真実かどうかはわからない。ただ、幼い記憶の断片を集めれば、そうした筋を描くこともできるというだけのはなしだ。江戸での暮らしや今日までの生き様に影響を与えるものでも、暗い影を投げかけるものでもない。

たとい、皇族のなかに顔のよく似た人物があったとしても、矢背蔵人介が将軍家の鬼役であることにかわりはなかった。

「出生については聞かれたくないようやな」

琴に問われ、蔵人介は目を伏《ふ》せた。

茶碗の碧色が色褪《あ》せてみえるのは、消してしまいたい来し方の記憶が甦ったせいなのだろう。

「まことは、あなたさまのことを知りたい。されど、穿鑿《せんさく》はせぬ。妹にも告げず、胸《むね》の裡《うち》にしまっておきまする」

「かたじけのう存じます」

両手を畳につくと、京の干菓子が出された。

「和三盆《わさんぼん》にございます。よろしければどうぞ」

まだ帰さぬ気なのだ。

琴はおもむろに、別のはなしをしはじめた。

「矢背さまのおかげで、養珠院はめでたく廃寺となりました。売僧の消えたお寺には夜盗が押しこみ、一夜にして金目のものをことごとく奪っていったそうです」

蔵人介も聞いていた。廃寺の末路は惨めなものだ。

「葛が耳にした噂によりますと、盗まれたお宝のなかに白狐《びやっこ》に乗った天女像があったそうで。何の像か、おわかりか」

「荼枳尼天《だきにてん》にござりましょうか」

「そうじゃ。盗まれた荼枳尼天像はさほど大きなものではありませぬが、目も眩《くら》むほどの純金に彩られていたとか」

「純金」

「生前、天佑が漏らしておりました。茶枳尼天を奉じる豊川《とよかわ》稲荷に掛けあい、末社の許しを得るつもりやと」

寺のなかに人気の高い稲荷の社を設け、さらなる人集めを画策していたのだ。

琴は声をひそめた。

「興味を惹かれたゆえ、葛に調べさせたのや。純金の茶枳尼天像は質屋に流され、とある商人が高値で買いはったとか。養珠院に茶枳尼天像を寄贈した者の正体もわかりました」

訝《いぶか》しげな蔵人介の様子を楽しむかのように、琴はわずかに間を置いた。

「お教えいたそう。寄贈したのは、金座御金改《おかねあらためやく》役の後藤三右衛門やとか」

なるほど、後藤三右衛門が茶枳尼天を祀っている赤坂《あかさか》御門外の大岡《おおおか》屋敷へ足繁く通っていることは、串部も確かめていた。三右衛門は、凄まじい呪力を持つとされる茶枳尼天の熱心な信奉者なのだ。

そもそも、三右衛門は後藤家と血縁ではなく、信州飯田の商家から婿養子にはいったという。信州飯田と言えば、管狐《くだぎつね》を使って妖術をおこなう飯綱使いを想起させる。たしかに、悪貨を大量に世に送りだして差益を生む手管《てくだ》は、妖術に喩えてよいのかもしれない。

いずれにしろ、茶枳尼天を偏愛する御金改役のすがたは不気味ですらあった。何らかの目途のもとに、天佑のごとき売僧を何人も飼いならそうとしているのだろうか。

三右衛門の野望に興味はないが、無視もできない。

「琴さま、つかぬことを伺いますが、痩せ男をご存じでしょうか」

駄目元で問うてみると、意外にも「存じております」というこたえが返ってきた。

「今から五年余り前、洛中で公家《くげ》衆の幼子たちが何人も神隠しになりました」

しばらくして、それは「呑蜘蛛《のみぐも》」なる人買い一味の仕業と判明した。首魁《しゅかい》の名は砂子兵衛《さごべえ》と称したが、ある雨の日、四条《しじょう》河原に砂子兵衛と手下どもの生首が晒されたのだという。

事の次第は捨て札に詳しく綴られたが、兇悪な連中を捕まえて処刑したのは町奉行所の役人たちではなかった。

「無残な光景をまのあたりにした町人たちがおりました。その者たちの申すところによれば、悪党どもを斬ったのは能面を付けたひとりの男やったとか」

まるで、殺戮《さつりく》を楽しんでいるかのようで戦慄《せんりつ》を禁じ得なかったと、町人たちは証言した。

蔵人介は乾いた唇を嘗めた。

「人買いどもを殺戮したのが、痩せ男であったと」

「そうどす。せやけど、このはなしには由々《ゆゆ》しき後日談がありまして」

さらに数日後、同じ四条河原の刑場に、拐かされた幼子たちの生首が並んだ。痩せ男の仕業にちがいないと人々は噂したが、そのとき以来、洛中で痩せ男をみた者はいないらしい。

「ほんまに、恐ろしいはなしや」

琴は身震いしてみせる。

蔵人介は苦しげに唸るしかなかった。

志乃が失踪したことを告げたところで、琴は戸惑うだけだろう。

痩せ男についても、人買い一味の一件以外は知らぬようだった。

ずいぶん長居してしまったことを悔い、蔵人介は琴に暇を告げた。

六

その晩、日本橋の浮世小路で殺しがあった。

料理茶屋で密談を交わしたらしきふたりの男が、月明かりの無い暗い夜道をたどって帰る途中、待ちぶせしていた刺客に斬られたのだ。

翌日、朝一番で串部が駆けこんできた。

「斬られたうちのひとりは長州萩藩の重臣で寺川弥左衛門《てらかわやざえもん》、もうひとりは清五郎《せいごろう》という金座の番頭でござります」

「長州萩藩の重臣と金座の番頭か」

「寺川は村田清風の配下で、藩の勘定方を束ねておったとか」

寺川だけが駕籠に乗り、番頭の清五郎は駕籠の脇に従いていた。

ほかには提灯持ちの手代がひとりいただけで、串部の聞いてきた内容は手代から町奉行所の役人にもたらされたものらしい。

「刺客は面で顔を隠しておったとか」

「女面か、それとも痩せ男か」

「そこまではわかりませぬ。ただ、岡っ引きから手口を聞いてまいりました。ふたりは深々と脾腹《ひばら》を掻かれ、絶命しておったそうです」

「脇胴を抜かれたか」

「痩せ男が殿に浴びせた手口にござりますな」

「されど、何故であろう」

蔵人介が腕組みをすると、串部もうなずいた。

「仰るとおり、金座の後藤に雇われているはずの痩せ男が番頭を斬るのはおかしゅうござります」

斬られたふたりは、各々、後藤三右衛門と村田清風の意を汲《く》んでいたと考えるべきであろう。それならば、村田の命を狙った者の仕業と考えるのが順当なところだ。

「やはり、十寸髪《ますかみ》の仕業か」

「殿、卯三郎どののもとへまいりましょう」

「ふむ」

ふたりは御納戸町の家を出て、急ぎ麻布《あざぶ》へ向かった。

長州萩藩の上屋敷は桜田御用屋敷の隣だが、下屋敷は麻布竜土町《りゅうどちょう》にある。

多くの藩士は上下屋敷の足軽《あしがる》長屋に住んでいるというのに、梨羽進悟は下屋敷の北西にある赤坂今井町《いまいちよう》の裏長屋に部屋を借りていた。

卯三郎は一晩中、木戸の外から見張りをつづけているはずだ。

汗を掻きながら裏長屋にたどり着いてみると、赤い目の卯三郎が物陰からのっそりあらわれた。

「おう、ご苦労であったな」

「養父上《ちちうえ》こそ、どうかなされましたか」

声を嗄《か》らしているところから推せば、蒸し暑いなかで一睡もせずに部屋を見張っていたのだろう。

日本橋で殺しがあったことを告げると、卯三郎は首をかしげた。

「梨羽は非番のようで、まだ部屋のなかにおります。昨夜から一歩も木戸の外へは出ておりませぬ」

「さようか」

蔵人介も串部も何故か、ほっと胸を撫でおろす。

病がちの母親と年頃の妹と三人で暮らしていると聞けば、なおさら、刺客であってほしくないという気持ちが強くなった。

そもそも、梨羽進悟が十寸髪の刺客と断じるのは早計《そうけい》過ぎるかもしれない。

考えてみれば、卯三郎との申し合いで「空下り」に似た技を目にしただけのことだ。

裏長屋には貧乏人ばかりが住み、梨羽以外に侍らしき者の人影は見当たらなかった。

「ご覧のとおり、侍の住むような長屋ではありませぬ」

部屋は奥まった厠《かわや》のそばにあり、すぐに武家娘とわかる十六、七の娘が洗い物を抱えて井戸端にあらわれた。

「あれが妹か」

母親は褥《しとね》から離れられぬようで、家のことはすべて妹がやっている。

「内職で木目込《きめこ》み人形をつくっております」

「雛《ひな》飾りなどにする人形のことか」

「はい。どうやら、母親が岩槻《いわつき》にある旧家の出らしく、実家は人形師であったとか」

「よく調べたな」

「話し好きの木戸番から、それとなく聞きだしました。梨羽の父は長州萩藩の下士で、長らく江戸上屋敷の門番をつとめておりましたが、五年余り前に他界しております。母親とのなれそめまではわかりませぬ」

父の死後、一家は路頭に迷うところであったが、長子の進悟はつつがなく父の役目を継いだ。それは父がからだを張って、とある重臣の身を守り、重臣に襲いかかった若い藩士の手で斬殺されたからだという。

「門前で若い藩士も成敗され、事はうやむやにされたそうですが、梨羽進悟の父は武士の鑑《かがみ》と賞賛されたのだとか」

そうした事情もあって、しばらくは藩邸内に住む家も与えられていたが、悲運を託《かこ》つ家として忌み嫌われるようになり、居づらくなって一家は藩邸の外へ逃れた。下士ゆえに生活はままならず、兄と妹は母の伝手をたよって木目込み人形作りの内職を細々とつづけるようになった。それが裏長屋に移った大まかな経緯らしい。

聞けば聞くほど同情を禁じ得ぬが、梨羽自身については得体の知れぬ印象を拭えなかった。

無拍子流を何処で修得したのか、まっさきに知りたいのはそのことだ。

蔵人介は溜息を吐いた。

ともあれ、殺しの下手人をつきとめぬかぎり、すべての真相は藪の中だ。

「殿、ここはひとつ、真相とやらをつきとめてみますか」

あらためて、串部に応じるまでもない。痩せ男の正体を知るためには、やはり、焦臭《きなくさ》い金座の周辺を探るしかなかろう。そのためには、金座と長州萩藩とのあいだに交わされた密約の内容を探る必要もあるだろうし、村田清風の命を狙う者の正体と目途もつきとめねばならぬ。

すべてがあきらかにならねば、志乃が消えた理由にもたどりつけぬのではないか。

蔵人介はそんな気がしてならなかった。

卯三郎が遠慮がちに言ってくる。

「養父上、もうしばらく、張りつきましょうか」

「日中はよかろう。夜だけは、しばらく頼む。わずかでも怪しい動きをみせたら、すぐに報せてくれ」

「かしこまりました」

卯三郎も梨羽の力量を見抜いているので、裏に隠されたものの正体をつきとめたい様子だった。

蔵人介は村田清風に面談を申し入れ、直に事情を質してみようとおもった。

七

さらに、数日が経った。

茹《う》だるような暑さは、いよいよ佳境を迎えたようだ。

村田清風へ面談を申し入れたものの、うんともすんとも言ってこない。

十六日は嘉祥《かじょう》の祝い、千代田城内でも疫気祓《えききばら》いの行事が催された。

阿古屋《あこや》餅、饅頭《まんじゅう》、金飩《きんとん》、羊羹《ようかん》など十六種の菓子や餅が神前に供えられ、のちに出仕した大名たちにお裾分けされたのである。将軍着座のもと、大広間の二之間から三之間にかけて、一千六百有余もの膳がずらりと並べられた。そもそもは室町《むろまち》後期にはじまった宮廷行事らしいが、神君家康公が嘉祥銭を拾って昇り調子となった逸話にあやかり、徳川家の重要な年中行事のひとつになった。

御膳所の連中は朝からてんてこ舞いの様相をみせ、笹之間に座る鬼役たちも忙しなく役目にいそしまねばならなかった。

ようやく人心地がついたのは、夕餉《ゆうげ》の毒味を済ませたあとのことだ。

小用を足すべく厠へ向かうと、暗がりから誰かに手招きをされた。

「伝右衛門か」

「いかにも」

公人朝夕人、土田伝右衛門である。

蔵人介と同様、橘右近という差配者を失ったものの、桜田御用屋敷の如心尼から下される新たな密命を淡々とこなしていた。以前より頻度こそ減ったが、緊密な関わりを保っていることに変わりはない。

「お手間は取らせませぬ。先日、日本橋の浮世小路で殺しがありましたな」

「斬られたのは、長州萩藩の重臣と金座の番頭だ。じつは、その件を追っている」

「存じております。下手人の目星はつきましたか」

「痩せ男か、十寸髪の女面を付けた刺客か、いずれかであろう」

「仰るとおり、手口から察するに、そちらのふたりを斬ったのは、無拍子流の遣い手でしょうな」

伝右衛門は断じてみせたが、蔵人介は首を捻る。

「そちらのふたりとは、どういうことだ」

「じつは同じ夜、浮世小路に近い魚河岸の一角で、別の殺しがありました」

「何だと」

「斬られたのは侍で、名は鈴木多門《すずきたもん》と申します」

町奉行所の調べはろくにおこなわれず、表沙汰にもされなかった。

「理由がござります。鈴木多門は大目付の隠密でした」

「闇から闇へ葬ったと申すのか」

「おそらくは」

ふと、村田清風の顔が脳裏に浮かんでくる。

ひょっとしたら、鈴木多門なる隠密は長州萩藩と金座の結びつきを調べていたのではあるまいか。

「お察しのとおりかと。じつは、長州萩藩には以前より、藩ぐるみで密貿易をおこなっているとの疑いがござります」

藩の領地は三方を海に囲まれており、北は壱岐《いき》と対馬《つしま》を経て朝鮮と向きあい、西は長崎《ながさき》湊を抱えた九州へ、南は瀬戸内海を経て四国へと繋がっている。海路の中心となる赤間関《あかまがせき》は蝦夷《えぞ》や東北と大坂のあいだを行き来する北前船《きたまえぶね》の中継湊であり、藩は赤間関で商人相手に蔵貸しや金貸しなどの商売を手広くおこなっていた。

「赤間関には藩の奉行所も置かれておりますが、商売をおこなっているのは村田清風直属の撫育方《ぶいくかた》にござります」

撫育方には越荷方《こしにかた》と呼ぶ役人たちがおり、朝鮮や清国《しん》などとの密貿易もおこなわれている。さらに、撫育方は塩田の開発も担い、幕府もきちんと把握できていないのだが、毎年二十万石を超える塩が産出されているらしかった。

「藩が廻船の積み荷を担保に金貸しをやっているとの噂はございます。それでも、藩財政は容易に好転いたしませぬ。幕初からのつけが重すぎるのでしょう」

関ヶ原の戦いで西軍の大将に担ぎあげられた毛利家は敗戦によって、中国一円に所有していた百十二万石におよぶ領土を周防《すおう》・長門《ながと》の二国三十六万九千石へと削封された。じつに、六国返租のうえで既収租米を返済しなければならぬという重い負債を強いられたのである。

関ヶ原の戦いから二百四十年が経っても、長州萩藩の藩財政はあいかわらず火の車だった。これをどうにかするためには、密貿易でも何でもやって裏金を貯めるしかないと、藩主みずからが考えても不思議ではなかろう。

「村田清風は金座の後藤三右衛門と密談を交わしたと仰いましたな」

「ああ、おそらくな。三右衛門にとっては飛びつきたくなるような儲け話だったにちがいない」

「たとえば、長州の塩を担保に何万両もの資金を貸しだすとか」

「塩どころか、国ひとつ差しだしたのかもしれん。それほどの条件でもないかぎり、三右衛門の心は動かぬであろう」

村田清風の台詞が甦ってくる。

——かたじけない。貴殿は当家を救うてくれた。

あれはおそらく、本心から発せられたことばだったにちがいない。

伝右衛門が囁きかけてくる。

「水野さまはご存じなのでしょうか」

「少なくとも、大目付は知らなかった。探りを入れた隠密が斬られておるのだからな。ところで、隠密を斬った者の手口はわかっておるのか」

「眉間と胸、それと背中にも刀傷がございました。下手人はひとりではありませぬ」

「痩せ男ではないな」

「はい」

考えられるのは、後藤三右衛門に雇われた金座役人たちだ。

すでに、伝右衛門も目星をつけている。

「五人おります。首領格は島尾官兵衛《しまおかんべえ》と申す岩国《いわくに》出身の剣客で、卜傳流《ぼくでん》を源流とする直心自得流《じきしんじとく》の達人だとか」

「岩国と申せば、ご領主は吉川家《きつかわ》か」

幕府は長州支藩として六万石の待遇を許しているが、肝心の長州萩藩が支藩と認めていない。

「関ヶ原で吉川家が東軍に寝返った怨念を引きずっているのでござりましょう」

「岩国出身の者が大目付の隠密を斬ったとすれば、これも因縁としか言いようがあるまいな」

「さようですね。いずれにしろ、後藤三右衛門なる者、一筋縄ではいかぬ人物のようです」

「茶枳尼天《だきにてん》を奉じているそうだ」

「ほう、それはまた。誰かを調伏《ちようぶく》でもする気でしょうか」

会ったことはないが、野心旺盛な人物なのであろう。野心を満たすためならば、邪魔者は誰であろうと排除する。たとい、強力な権力を持つ者であろうと容赦しない。それだけの胆の太さがないかぎり、雄藩の重臣と膝元の金座で密談など交わさぬはずだ。

伝右衛門は、ふいにはなしを変えた。

「御母堂さまのご消息は判明いたしましたか」

「京に上られたようだ」

「なるほど、京でしか解決できぬことが、おありだったのでしょうね」

「目途はわからぬ。会いたい相手があるのかどうかも。ただ、来し方の呪縛を解きにいったとしか今は言えぬ」

「来し方の呪縛。もしや、痩せ男に関わることでしょうか」

「それ以外には浮かばぬ」

蔵人介は押し黙り、暗闇を睨みつけた。

何者かの気配を察し、腰の脇差に手をやる。

赤い目の魔物に睨み返されたような気がした。

「なあご」

遠くのほうから、猫の鳴き声が聞こえてくる。

伝右衛門が声をあげずに笑った。

「御膳所の魚を狙っておるのでござりましょう」

「どうやら、わしもやきがまわったようだ」

「これから、どうなさる」

「おかげで、村田清風に会うまでもなくなった」

「ならば、金座の後藤三右衛門に会われますか」

たしかに、三右衛門ならば、たいていのことは知っていよう。

「長州萩藩の重臣と金座の番頭が、いったい誰に、どうして殺《あや》められたのか。三右衛門ならば、こたえを持っておりましょう。されど、正面から金座の門を敲《たた》いても、入れてはもらえませぬぞ」

「当然であろうな」

「策はおありか」

「いいや」

「ふっ、あいかわらずでござりますな。なれば、それがしがちと藪を突《つつ》いて進ぜましょう」

「ほう、できるのか」

「おまかせを」

伝右衛門の気配が、ふっと消えた。

廊下の向こうから、軽輩が足早にやってくる。

「漏れる、漏れる」

袴《はかま》のまえを手で押さえ、裸足で庭に降りるや、厠のなかへ駆けこんでいく。

蔵人介は音も起《た》てずに廊下へ上がり、前後に人影がないのを確かめると、忍び足で控え部屋に戻っていった。

八

蔵人介が控え部屋へ戻ったちょうどそのころ、卯三郎は闇の行く手に梨羽進悟の背中を追っていた。

梨羽はそっと裏長屋を抜けだし、ひと目を気にするように歩きはじめた。

見張りについてはじめてのことゆえ、卯三郎は焦りだけが募った。

串部との連絡もつかず、たったひとりで追うしかない。

それでも、いざというときはみずからの判断で行動すると覚悟を決め、梨羽の影となって追いつづけた。

風はそよとも吹かず、全身の毛穴から汗が吹きだしてくる。

顔を拭いた手拭いが水に浸かったようになっても、歩みを止めるわけにはいかない。

梨羽は東海道をひたすら北東へ向かい、京橋《きょうばし》の手前で足を止めた。

ふいに右手へ折れ、京橋川に沿って歩きつづける。

楓川《もみじがわ》と交差する手前の白魚橋《しらうお》へは行かず、そのまま真福寺橋《しんぷくじ》のほうへ向かう。

すると、橋の手前に月代侍がひとり立っていた。

遠目だが、みたことのある顔だ。

「あれはたしか、板柳恭七郎《いたやなぎきょうしちろう》」

長州萩藩の上士で、留守居手元役《るすいてもと》の用人頭をつとめている。

練兵館の門弟ではないが、何度か顔をみせたことがあった。

板柳は梨羽に何事かを告げ、その場から知らぬ素振りで離れていく。

梨羽はしばらく俯いていたが、そのまま三十間堀に架かる真福寺橋を渡りはじめた。

悩んでいる様子は、後ろ姿からも伝わってくる。

卯三郎は絶妙な間隔を保ちつつ、丸まった背中を追いかけた。

橋を渡ったさきは南八丁堀《はっちょうぼり》。鮟鱇《あんこう》鍋を何度か食べに訪れたので、土地勘らしきものはある。

梨羽は中ノ橋《なかのはし》を通りすぎ、京橋川が大川へと注ぐ鉄炮洲《てっぽうず》稲荷まで進んだ。

そして、ふいにすがたを隠す。
物陰に潜んだのだ。
往来を挟んで向かいには、料理茶屋のものらしき雪洞《ぼんぼり》がみえる。
卯三郎も足を止め、物陰に身を隠した。
鬱陶しいほどの汗を掻き、藪蚊がわんわん集まってくる。
音を起てて潰すわけにもいかず、難儀を強いられた。
それでも、この場から離れるわけにはいかない。
梨羽は板柳に命じられ、やりたくもない密命を負わされた。
誰かを斬るつもりなのだ。
「村田清風か」
蔵人介から聞いた名を、卯三郎はつぶやいた。
藪蚊に刺されながら、小半刻ほど経ったであろうか。
見世の表口が騒々《そうぞう》しくなり、客らしき人影があらわれた。
遠目で暗く、はっきりとはみえぬ。侍かどうかもわからない。
駕籠が一挺《ちょう》、滑りこんできた。
従者はいない。

不審におもっていると、客を乗せた駕籠が走りだした。
「へい駕籠、ほい駕籠」
独特の鳴きを刻み、中ノ橋のほうへ戻っていく。
梨羽が動いた。
低い姿勢で駕籠を追いはじめる。
おそらく、的を確かめたのだろう。
卯三郎も急いで梨羽の背を追った。
橋の手前まで来ると、梨羽は素早く面を付ける。
十寸髪と呼ばれる女面だ。
さらに、駕籠を脇から追いぬきにかかる。
異変を察した駕籠かきは、逃げようともせずに足を止めた。
と、そこへ、橋向こうから浪人風体の三人が駆けてくる。
橋の手前にもふたり潜んでおり、五人で梨羽を挟み撃ちにする恰好になった。
「罠か」
囲みの外に佇み、卯三郎は迷った。
助太刀するにしても、今しばらく様子を眺めよう。

駕籠の垂れが捲《めく》れ、誰かがのっそり出てきた。

「あっ、うぬは誰だ」

女面の梨羽が叫ぶ。

出てきたのは小柄な町人だった。

「手前は後藤三右衛門、あんたが命を狙う村田さまは疾《と》うに戻られたよ」

「くそっ」

「あんたを差しむけた者の名、素直に吐いてもらおうか」

応じるかわりに、梨羽は白刃を抜いた。

「喋らぬとあれば、仕方ない。おまえさんたち、仕事をしておくれ」

三右衛門が疳高《かんだか》い声を発するや、五人は一斉に白刃を抜きはなつ。

串部が言っていた金座役人の連中であろう。

「ひぇっ」

駕籠かきどもは尻をみせて逃げた。

「ぬえいっ」

鋭い気合いともども、ひとり目が大上段から斬りかかる。

女面の梨羽は一刀をかいくぐり、相手の脇胴を抜いてみせた。

「かっ」

血を吐いて倒れる仲間を顧みず、ふたり目が二段突きで襲いかかる。

果敢な勢いに腰を引きながらも、梨羽は逆袈裟でふたり目も仕留めた。

すかさず、三人目が乗りだしてきた。

雰囲気からして、ものがちがう。

眉間に三日月の傷があった。

おそらく、首領格であろう。

つっと摺《す》り足で迫るや、無造作に袈裟懸けを見舞う。

「うっ」

梨羽は左肩を斬られ、片膝を折った。

ここまでだ。

「ふわああ」

卯三郎は腹の底から唸りあげ、囲みへ突進していった。

「御用だ、神妙にしろ」

おもわず発した掛け声を信じたのか、三人の金座役人は後退りしはじめる。

「退け、退け」

指図を出した三右衛門ともども、橋向こうへ去っていった。

血腥い屍骸のそばには、十寸髪の女面が落ちている。

卯三郎が面を拾うと、梨羽は蒼白な顔を向けてきた。

「……し、師範代どの」

「喋るな、傷をみせろ」

表着を裂いて傷を調べると、かなりの深傷《ふかで》だとわかった。

刀の下緒で肩と胸を縛って止血し、背に負って橋から離れる。

梨羽は気を失ってしまった。

往来の一角にある木戸番小屋に飛びこむ。

裏に金瘡医《きんそうい》がいると教えてもらい、そちらへ向かった。

「頼む、開けてくれ」

表戸を敲《たた》くと、白髪の金瘡医が目を擦《こす》りながら出てきた。

「肩を斬られた。手当てを頼みたい」

「かしこまった」

梨羽を看立所《みたてじょ》に運びこみ、応急の手当てを施してもらう。

「何とかなるであろう。わずかでも遅ければ、助からぬところじゃった」

金瘡医には、そう告げられた。

安堵の溜息を吐いた途端、眠気に襲われた。

ここ数日の疲れも溜まっている。

東の空が白々と明けるまで、卯三郎は泥のように眠りつづけた。

九

庭で小鳥が鳴いている。

卯三郎と梨羽は、ほぼ同時に目を覚ました。

南八丁堀の町医者に部屋のひとつを借り、ふたりとも昏々《こんこん》と眠りつづけたのだ。

「……し、師範代……す、すみません」

「どうだ、傷の痛みは」

「これしきの傷……うっ」

梨羽は半身を起こそうとして、強烈な痛みに声をあげた。

「寝ておれ。存外に傷は深い」

「……さ、されど、こうしてはおられませぬ。母と妹の身が危うい」

「それがしは密命を受け、二度も失敗《しく》じりました。何もかも、なかったことにされる恐れがござります」

「何だと」

「わかった。赤坂今井町の長屋に使いを送ろう。御母堂と妹御の身柄は、矢背家で引きうける」

卯三郎は立ちあがり、手伝いの小者に言伝を頼んだ。

部屋に戻ってくると、梨羽は褥のうえに身を起こし、痛みに耐えながらも着替えようとしている。

「待て。ここから動くにしても、事情《わけ》をはなしてからにしてくれぬか」

梨羽は天井を睨み、口をへの字に曲げた。

頑《かたく》なに閉じた口を開かせるには、こちらも肚を割らねばなるまい。

卯三郎はそう判断し、梨羽を数日のあいだ見張りつづけた経緯を説いた。

「金座の南瓜畑で村田清風さまを襲ったであろう」

「……は、はい」

「やはり、そうであったか。あのとき、おぬしを阻んだのは、わしの養父《ちち》だ」

「……ま、まことですか」

咄嗟の出来事だったので、梨羽は蔵人介と認識できなかった。それゆえ、練兵館で顔をみたときも格別の感情は抱かず、そののち、卯三郎に見張られていたことにも気づかなかった。

経緯を告げても、梨羽は怒るどころか、蔵人介や卯三郎の気遣いに感謝の意をしめした。

卯三郎は、おもいきって問うてみる。

「真福寺橋の手前で、板柳恭七郎に会っておったな。板柳に誰かを闇討ちにする命を受けたのか」

「……い、いかにも」

「相手は村田さまだな」

「さようにござります」

板柳は梨羽に料理茶屋の名を告げた。茶屋から出てきたのは的に掛ける村田清風だときめつけてしまったが、駕籠に乗っていたのは後藤三右衛門であった。

「おぬしは、まんまと一杯食わされた」

「これも天命かと。村田さまは死んではならぬお方なのです」

「どういうことだ」

所詮は藩の権勢をめぐる革新派と守旧派の醜い争いなのだという。

村田清風がこの世から消えれば、守旧派の地位と名誉は保たれる。そう信じている過激な連中が、腕の立つ梨羽をけしかけたにすぎない。

「直に命を下すのは板柳さまですが、背後には御留守居御手元役の尾花沢権太夫《おばなざわごんだゆう》さまが控えておられます」

「尾花沢権太夫」

卯三郎は、その名を脳裏に刻んだ。

村田清風を亡き者にすれば、尾花沢家の用人に引き立ててもらえると、約束されたらしい。

「用人になれば、母と妹に苦労を掛けなくて済む。しかも、上士への道も拓《ひら》ける。それがしはさようなことのために、道を踏みはずそうといたしました。もし、村田さまを斬っていたら、死ぬまで殺生の罪業《ざいごう》に恐れおののき、死んでからも成仏できなかったことでしょう」

畜生道《ちくしょうどう》に堕ちる一歩手前で救われたと、梨羽は涙ながらに語った。

かりに、尾花沢から三度目の命が下されても、したがう気はないという。

卯三郎はふと、生活のために鳥を殺した現世での罪業に苦しむ『善知鳥《うとう》』の猟師のだ。猟師は痩せ男の面を付けて霊となり、旅の僧侶に成仏祈願を請うをおもいだした。

「今から五年余り前、とあるご重臣が上屋敷の門前で若い藩士に襲われました。そのとき、それがしの父は門番をつとめており、からだを張って襲撃を阻んでみせたものの、若い藩士に斬られて絶命いたしました」

凶行におよんだ藩士は、駆けつけた他の者に成敗された。革新派の者が守旧派の重臣を狙った出来事だったという。

「父に命を救われたお方が、尾花沢さまでござりました」

盾になって死んだ父の勇気を賞賛しつつも、尾花沢は子の進悟を縛りつけた。父の轍《てつ》を踏まぬよう剣術修行に励めと命じられ、進悟は血の滲むような努力をかさねたのである。

卯三郎は逸《はや》る気持ちを抑えかねた。

「おぬしの修得した技、あれは無拍子流の空下りか」

「いかにも」

「あの技を誰に教わったのだ」

梨羽は国許で何年か役目に就いたことがあった。そのとき、一年ほど廻国《かいこく》修行を許され、京へ身を置いたとき、鞍馬山《くらまやま》の奥の院で役小角《えんのおづの》の末裔《まつえい》と称する行者《ぎようじや》に遭遇したのだという。

「鹿骨幻斎《ししほねげんさい》と名乗る行者は髪も髭も雪をかぶったように白く、齢がいくつかも判然といたしませぬ。ただ、身のこなしは天狗のごとくであり、その場で三間近くも跳躍してみせたり、宙にふわりと浮いてみせたりと、妖術まがいの技を繰りだします。それがしはすっかり魅了され、弟子にしてほしいと懇願いたしました」

「ふむ、それで」

「三日三晩、たったひとつの技を教えていただいたのでござります」

「それが上段の空下りであったと」

「はい」

脾腹を剔《えぐ》る水平斬りは修得が難しいらしく、幻斎は上段の一刀だけを教えてくれたという。

「技を修得した証拠にと、幻斎先生は能面をくださりました。それがあの、十寸髪の女面なのでござります」

梨羽が眼差しを向けたさきに、妖しげな面が置いてある。

卯三郎は身を乗りだした。

「ほかに、能面を授けられた者はおらぬのか。鹿骨幻斎はその者のことを語っておらなんだか」

「ずいぶんむかしに能面を与えた者があったそうです」

「その者の名は」

「わかりませぬ」

「与えた者の素姓は」

「何でも、やんごとなきお方の血脈につながる御仁だったとか。それ以上のことは、わかりませぬ」

「ならば、与えたのがどのような面かは聞いたか」

梨羽は小さくうなずいた。

「痩せ男の面と聞きました」

「……さ、さようか」

卯三郎の動揺にも気づかず、梨羽は遠い目をしてみせる。

「あの三日間は夢だったのではないかと、そうおもうこともござります。されど、上段の空下りが身についておる以上、まことだったにちがいない。正直、幻斎先生のお顔さえおぼえておらぬのです」

「ふうむ」

卯三郎は腕組みをした。

今耳にした摩訶《まか》不思議なはなしを、一刻も早く蔵人介に伝えねばならない。

ともあれ、梨羽進悟は安い給金と交換に汚れ役を課されている。父親の死を利用もし、長いあいだ巧みなことばで縛りつけてきた尾花沢や板柳を許すことはできぬと、卯三郎はおもった。

十

赤坂今井町の裏長屋へ戻ってみると、梨羽の母と妹は居なくなっていた。

大家に聞いてみると、今朝方まだ明け初めぬころ、藩士らしき月代侍が何人かあらわれ、母と妹を連れていったという。ふたりは抗う様子もなく、素直にしたがう姿勢をみせたが、大家は母親から「進悟のもとへまいります」と告げられたらしかった。

「進悟のもとへ」

それだけ聞けば、藩邸へ向かうしかない。

近くには長州萩藩の下屋敷がある。

急いで町医者の部屋に戻ると、梨羽は少し目を離した隙に消えていた。

怪我を負ったからだを引きずり、ひとりで藩邸へ向かったのだ。

「くそっ、早まったな」

卯三郎は血相を変え、木戸の外へ飛びだした。

往来を突っ切り、海鼠《なまこ》壁に沿って走り、藩邸の表口へ向かう。

門番がひとり、しかつめらしく立っていた。

卯三郎は息を切らしながら、身を寄せていく。

「それがし、矢背卯三郎と申す。どうか、尾花沢権太夫さまにお取次を。火急《かきゅう》の用件にござる」

大柄の門番は眉をひそめた。何もこたえず、正面を睨んでいる。

「お願いいたす。尾花沢さまにお取次を」

藩士の梨羽はおそらく、口上を述べずとも阻まれなかったはずだ。

卯三郎は怯まず、門番の面前に迫った。

「無理をしてでも通るぞ」

「ならぬ、止まれ」

門番は六尺棒を構え、先端で突こうとする。
そこへ、板柳恭七郎がやってきた。
表門ではなく、裏門から出てきたところらしい。
背に率いる小者たちは、大八車を牽《ひ》いている。
大八車には、筵《むしろ》に覆われた荷が積んであった。
卯三郎は荷を注視する。
突如、異臭に鼻を衝かれた。
「まさか」
顔色を変え、大八車に駆けよる。
「待て、何者じゃ」
板柳が足を止め、居丈高《いたけだか》に誰何《すいか》してきた。
卯三郎は制止も聞かず、荷台に取りついて筵を捲る。
「うっ」
仰向けに寝かされていたのは、三体の屍骸にほかならない。
目に飛びこんできたのは、灰色になった梨羽の死に顔だ。
かたわらには、母と妹のものらしき屍骸も並んでいる。

顔を持ちあげると、大勢の藩士たちが駆けよってきた。

「……ど、どうして」

門番が呼んだのであろう。

「それ、あやつめを引っ捕らえよ」

板柳の指図にしたがい、藩士たちが背後に迫ってくる。

卯三郎は羽交《はが》い締めにされ、地べたに引きずりたおされた。

ひとりでは抗う余地もない。

上から覗《のぞ》きこむ藩士たちのなかには、見知った顔もあった。

「板柳さま、この御仁は練兵館の師範代にござります」

「何だと」

板柳も中腰になり、上から覗きこんできた。

「師範代の名は」

「矢背卯三郎どのにござる」

「ふうむ、弱ったたな」

板柳が漏らしたところへ、怒声が響いた。

「おぬしら、藩邸の門前で何をやっておる」

藩士たちが、さっと後退した。

板柳の後ろから、偉そうな人物が丸顔を差しだす。

「尾花沢さま、お騒がせして申し訳ございませぬ」

梨羽に密命を下した張本人だ。おおかた、口封じも命じたのであろう。

その尾花沢が、素知らぬ顔で質そうとする。

「板柳、いったい何があったのじゃ」

「はっ、謀反人《むほんにん》の処断をおこない、屍骸を寺へ運んでいこうとしておった矢先、謀反人の知りあいらしき道場の師範代が邪魔だてを」

「ふうん、道場とはもしや、練兵館のことか」

「いかにも。どういたしましょう。捕らえて、牢にでもぶちこみますか」

「その者の名は」

「矢背卯三郎と申します」

「誰か、素姓を知らぬか」

尾花沢の問いかけに、上士のひとりが応じた。

「鬼役と申す御膳奉行の子息にございます」

「鬼役ならば、せいぜい二百俵取りの貧乏旗本だな。されど、無下にもあつかえまい。何故、謀反人の屍骸に取りつこうとしたのか」

直に質されても、卯三郎はしかと応じられない。

梨羽のみならず、母と妹まで亡き者にされた衝撃に打ちのめされ、頭のなかは真っ白になっていた。

が、これだけは問うておかねばなるまい。

「謀反とは、どういうことにござろう」

「知りたいか。板柳、みなも知りたかろうから、こたえてやれ」

「はっ、なれば。梨羽進悟は何者かにそそのかされ、わが藩の重臣を斬ろうとした。それが明らかとなった以上、放ってはおけぬ。それゆえ、断罪したのじゃ」

卯三郎は納得できない。

「何故、罪なき母と妹まで罰せねばならぬ」

「ふたりの望んだことじゃ。母は申した。息子を咎人《とがにん》にするなら、舌を嚙むとな」

「舌を嚙んだのでござるか」

「さよう、ふたりはみずから命を絶った」

都合のよい板柳の説明を、鵜呑みにはできぬ。

卯三郎は憤りを感じ、ぶるぶる震えはじめた。

「三人とも、おぬしが命を奪わせたのであろう」

板柳から目を移し、尾花沢を睨みつける。

おのれの下した密命を隠蔽《いんぺい》すべく、弱い者たちの命を虫螻《むしけら》のように奪ったのだ。

「許せぬ」

卯三郎は地べたに座りながらも、刀の柄に手を添えた。

囲んでいた藩士たちが、一斉に白刃を抜きはなつ。

卯三郎の鼻先に、何本もの白刃が突きつけられた。

「ぬふふ」

尾花沢がせせら笑う。

「若造め、聞き捨てならぬことを抜かす。されど、練兵館に縁ある者ゆえ、罰しはせぬ。命が惜しくば、おとなしくしておれ、わかったな」

卯三郎はがっくり肩を落とし、恭順《きょうじゅん》の意志をしめす。

ここで暴れて犬死にするのは得策でないと判断したのだ。

この期《ご》におよんでも冷静でいられる自分が嫌になってくる。

藩士たちは白刃を鞘に納め、板柳に率いられた大八車も遠ざかった。

尾花沢は門の向こうに消え、仏頂面《ぶっちょうづら》の門番だけが定まった場所に戻る。

混乱する頭のなかを整理できぬまま、ただ、強烈に口惜しいという気持ちだけが迫《せ》りあがってきた。

「くおおお」

卯三郎は獣のように咆哮《ほうこう》する。すぐさま、それは慟哭《どうこく》に変わり、一町《ちょう》四方に響きわたった。

十一

涙ながらに語る卯三郎から事の次第を聞き、蔵人介はみずからの読みの甘さを痛感させられた。

「ようも耐えたな」

唯一の救いは、誰がみても救いようのない展開のなか、卯三郎が暴発せずに自制していてくれたことだ。褒められても嬉しくはなかろうが、蔵人介も卯三郎を褒める以外に正気を保つ手だてがみつけられなかった。

「養父上、梨羽進悟の無念を晴らしとうござります」

「そうだな」

と、応じつつも、どこか煮えきらぬものがある。

なるほど、梨羽や家族を亡き者にした連中は心情として許せぬものの、あくまでも事の発端は長州萩藩の内部抗争にほかならず、蔵人介たちが関与する明確な理由はない。如心尼の密命でもあれば迷う余地はなかろうが、冷静に考えてみれば二の足を踏まざるを得なかった。

そのあたりは、串部もよくわかっている。

「卯三郎どの。尾花沢と板柳のふたり、成敗するのは吝《やぶさ》かではござらぬが、まことにわれわれが関わってよいものでしょうか。そもそも、この一件は金座の南瓜畑で村田清風という人物を助けたところからはじまった。われわれが知りたいのは痩せ男の行方であり、大奥さまが御屋敷を出ていかれた理由のはず。後藤三右衛門の思惑を探るのも、痩せ男との繋がりを知りたいがためにでござる。冷たいようだが、それがしはむしろ、鹿骨幻斎なる修験者《しゅげんじゃ》のはなしが気に掛かります」

卯三郎は語気を荒らげる。

「本筋から離れているという理由で、仇討ちに関わらぬと申すのか」

「それが賢明かと。殿もおそらく、さようにお考えなのでは」

「養父上、そうなのですか」

明確な返事をせず、蔵人介はじっと庭をみつめた。
卯三郎は憤懣《ふんまん》やるかたなく、拳をぎゅっと固める。
「ごめん」
掠《かす》れた声で漏らすと、部屋から出ていってしまった。
串部は小さくうなずき、卯三郎を追って部屋を出る。
蔵人介はおもむろに立ちあがると、刀掛けの大小を取った。
幸恵にも告げずに屋敷を出て、夕暮れの近づく往来へ踏みだす。
浄瑠璃坂を下って市ヶ谷御門を潜り、番町を突っ切って濠端をめざした。
日没が近い。
濠の水面は血を流したように染まっていた。
半蔵《はんぞう》濠から桜田濠に沿って進み、日比谷濠を左手にしながらさらに進む。
日比谷御門の手前には、如心尼が起居《ききょ》する桜田御用屋敷があった。
御用屋敷まで行かずに足を止め、長州萩藩の厳《いか》めしい正門へ向かう。
薄闇のなか、門番に用件を告げると、しばらくして内へ招じられた。
門の内で待っていたのは、村田清風本人である。
「これはこれは、矢背蔵人介どの」

「突然の来訪におこたえいただき、痛み入りまする」

「何の、さあこちらへ」

広大な敷地を端から端まで案内され、村田が執務をおこなう御用部屋へ招かれた。用人らしき侍が有明行燈《ありあけあんどん》に火を灯し、茶まで淹《い》れてきてくれる。

「酒《ささ》のほうがよろしゅうござるか」

「とんでもござりませぬ。どうぞ、おかまいなく」

「矢背どのがおみえになることは、じつは予感しておりました。人払いもしてござるゆえ、遠慮のう何なりとお聞きくだされ」

「されば」

茶碗に手もつけず、蔵人介は卯三郎が見聞きしてきたことを喋った。

村田は熱い茶を啜りながら、仕舞いまで顔色ひとつ変えずに聞いた。

「なるほど、さようなことがありましたか。矢背どのには迷惑の掛けどおしにござりますな。それもこれも、南瓜畑での出来事がきっかけ。逆しまに問わせていただければ、矢背どのはどうしてあのとき、金座におられたのでしょうか」

「後藤三右衛門の周囲を探っておりました」

正直にこたえると、村田は片眉を吊りあげた。

「それはまた、どういうお立場で」

「一介の毒味役が何をしているのか、さぞや、お疑いのことでしょう。されど、行方知れずとなった養母の消息を捜すうえで、必要なことにございました」

「御母堂さまが行方知れずに」

「はい」

村田は探るような眼差しを向けてくる。

「事情を伺っても、詮無いことのようじゃな」

「申し訳ございませぬ」

「いや、矢背どのが謝ることではない。それがしが偶さか、そこに行きあっただけのはなし。さようか、金座周辺を探っておられるとなれば、それがしと後藤三右衛門の密談についても、ある程度は予想がついておられよう」

「しかとはわかりませぬ。ただ、後藤三右衛門は野心旺盛な商人ゆえ、小さきはなしに乗ってはきますまい」

「さよう。ここだけのはなし、藩ひとつ預けるゆえ、まとまった資金を融通してほしいと頼んだのでござる」

「藩ひとつ」

おもったとおり、赤間関の利権と領内で産出される塩を担保に数万両の借金をする肚積もりであったという。

「もはや、わが藩に資金を融通してくれる商人などおらぬ。ほとほと困りはてていたとき、先方から打診がありましてな」

「後藤三右衛門のほうから」

「さよう。なれど、交渉は決裂いたしました」

利息などの条件が折りあわなかったらしい。

もしかしたら、何者かに斬られた寺川弥左衛門なる村田の配下と清五郎なる金座の番頭が交渉し、決裂にいたったのであろうか。

「ご想像のとおりでござる」

決裂した晩、交渉をおこなった双方の者が命を落とした。

「誰が殺らせたのかもわかりませぬ。何しろ、わがほうのみならず、金座の番頭まで死んでおりますからな」

たしかに、後藤三右衛門が仕掛けたとは考えにくい。

となれば、瘦せ男がみずからの意志でやったのだろうか。

そうであったとしても、番頭まで斬った目途が判然としない。

蔵人介は首をかしげた。

「そのとき、鈴木多門という大目付の隠密も斬られております」

「ご存じでしたか。それがしも聞いて驚きました。おそらく、そちらは後藤三右衛門の差し金にござりましょう」

ともあれ、信頼の置ける配下を失ったことで、金座との決裂は定まった。

寺川弥左衛門が斬られた晩から今日まで、村田は一歩も外へ出ていないという。

「数日のうちに国許へ帰ることになりましてな。そのまえに、さきほど名を頂戴した尾花沢権太夫と板柳恭七郎は捕縛する所存にござる。厳しい責め苦を与えてでも、罪を認めさせねばなりませぬ。それさえ済めば、もはや、江戸に用はない」

来訪の目途を果たし、蔵人介は村田に暇を告げた。

上屋敷から外へ出ると、闇はすっかり濃くなっている。

表門の閉まる音を背中で聞き、ゆっくり歩きはじめた。

濠端へ近づくと、行く手に殺気がわだかまっている。

じつを言えば、御納戸町の家を出たときから察していた。

この身を狙う者があるとすれば、後藤三右衛門か、痩せ男か、もしくは、口封じの得意な尾花沢たちであろう。

降りかかる火の粉は払うのみ、誰があらわれても容赦はせぬ。

蔵人介は歩幅も変えず、濠端の道を進んでいった。

十二

行く手の繁みからあらわれたのは、みたことのない浪人だった。

眉間に三日月の傷がある。

「金座役人の島尾官兵衛か」

「ふふ、矢背蔵人介、わしの名を知っているだけでも死に値するな」

伝右衛門によれば、長州萩藩に縁のある岩国の出で、卜傳流に源流を置く直心自得流の達人だということだった。

梨羽進悟に深傷を負わせた手練でもあるだけに、侮《あなど》るわけにはいかなかった。

しかも、繁みに潜んでいたのは、島尾だけではない。

島尾の仲間らしき食いつめ浪人がふたり、それと、月代頭の侍もふたり顔をみせた。

月代侍のひとり、肥えたほうの偉そうな男が横柄《おうへい》な口をきいた。

「わしがわかるか。長州萩藩留守居手元役、尾花沢権太夫じゃ」

もうひとりの月代侍は、用人頭の板柳恭七郎であろう。

「妙な取りあわせだな」

蔵人介は正直な感想を述べた。

尾花沢ら守旧派は、村田清風のことで金座役人と対立していたはずだ。

「くく、これからは、わしが金座と取引をする」

尾花沢は自慢げに腹を突きだす。

「無論、村田清風には死んでもらわねばならぬ」

守旧派が藩の実権を握り、金座から資金を引っぱる。そういう筋書きらしい。

「矢背蔵人介、おぬし、隠密なのであろう。いったい、誰の差し金でわれらを探っておるのだ」

「こたえる必要もあるまい」

「ほう、どうして」

「死にゆく者にこたえても、詮無いはなしであろう」

「けへへ、こっちは五人ぞ。おぬし、生き残る気でおるのか。まあ、よかろう。おぬしを亡き者にしたのち、師範代の小僧も葬ってくれる。父子仲良く地獄で酒でも酌みかわすがよかろう」

蔵人介は俯き、声を出さずに笑う。

「運命《さだめ》とは、おもしろいものだな」

「何だと」

「所詮、悪党は成敗される運命にある」

「ふん、やかましいわ。島尾どの、あっさり片を付けてくれ」

「かしこまった」

島尾の両翼から、ふたりの浪人が同時に仕掛けてくる。

「死ね」

蔵人介はぎりぎりまで引きつけ、目にも留まらぬ捷《はや》さで抜刀した。

――ひゅん。

刃音は一瞬、浪人どもは叫びもせず、その場に斃《たお》れる。

蔵人介は血振りを済ませ、本身をゆっくり鞘に納めた。

「見事な居合だな」

島尾の声には、まだ余裕がある。

力量によほどの自信があるのだろう。

一方、後ろのふたりは及び腰になっている。

蔵人介の尋常ならざる太刀捌《さば》きに、ことばを失ってしまったのだ。

「……し、島尾どの、頼みますぞ」

尾花沢の声は震えている。

島尾は草履を脱いで摺り足で迫り、三尺はあろうかという本身を抜きはなった。

直心自得流の特徴は、神官の禊《みそぎ》祓いのごとく左右に身を捻りながら相手の太刀を受け流す所作にある。一気に喉を突く「遠山《えんざん》」や片手斬りの「鴫《しぎ》の羽返し」などといった多彩な技も有しているが、何といっても威力があるのは、両肘を伸ばして右八相《はっそう》から豪快に斬りおろす袈裟懸けにほかならない。

石灯籠をも両断すると言われる袈裟懸けをまともに受ければ、さすがの蔵人介でも苦戦を強いられるであろう。

梨羽に深傷を負わせた太刀筋は、予想以上に捷いはずだ。

となれば、安易に躱すのも危うい。

弾いてからの一刀で勝負を決めるしかなかった。

「まいるぞ」

島尾は紺足袋《たび》の爪先を差しだし、果敢に踏みこんでくる。

「にぇい……っ」

上段の一撃を繰りだすとみせかけ、すっと片膝を折敷《おりし》いた。

喉を狙った白刃の切っ先が、くんと伸びてくる。

遠山か。

蔵人介は抜刀しながら飛び退いた。

「逃がすか」

相手が前のめりになったところへ、突きを浴びせると、すかさず、片手持ちの刀で払おうとする。

鴫の羽返しだ。

蔵人介は怯んだように退がった。

その間隙《かんげき》を逃さず、島尾は右八相に高々と構える。

「もらった」

両腕をめいっぱい伸ばし、猛然と袈裟懸けを繰りだしてきた。

――ぶん。

刃音が唸る。

蔵人介は体を開いて一刀を弾き、相手の懐中に入《い》り身《み》で迫るや、片手で素早く脇差を抜いた。

鬼包丁である。

——ひゅん。

刹那、島尾の咽喉笛が横一文字に裂けた。

——ぶしゅっ。

激しく血が噴きだす。

蔵人介は返り血をかいくぐり、後ろのふたりに迫った。

「うへっ」

板柳が刀を抜きにかかる。

その頭蓋を真向幹竹《まっこうからたけ》割りに断ち割った。

「ひゃああ」

断末魔をも顧みず、蔵人介は跳躍する。

ふわりと舞いおりるや、血の滴《したた》った切っ先を尾花沢の鼻先に向けた。

「……ま、ま、待ってくれ。金をやる、なっ、後藤三右衛門が二千両くれると約束したのじゃ。半分くれてやる。どうじゃ、千両箱ひとつじゃぞ」

蔵人介は表情も変えず、すっと一歩踏みこむ。

尾花沢の開いた口へ、白刃がずぶりと刺しこまれていった。

「ぬぐ……ぐえっ」

白刃を引き抜くや、尾花沢は地べたに倒れこむ。

蔵人介は素早く納刀し、すぐさま、抜刀してみせた。

「ふん」

抜きの一刀が空を裂く。

「ふふ、噂以上やな」

闇の狭間から、白髪の老人があらわれた。

殺気も放たず、無造作に近づいてくる。

「それだけの腕なら、幻四郎《げんしろう》に勝てるやもしれぬ」

「何者だ、おぬしは」

「わしは役小角の末裔じゃ」

「何だと」

卯三郎の言った「鹿骨幻斎」という名をおもいだす。

「おぬし、もしや」

「さよう、わしが幻四郎に無拍子流を授けた」

「幻四郎とは誰だ」

「痩せ男さ。会いたいのであろう。もっとも、痩せ男の面を授けたのは、このわしじゃがな。幻四郎は雇い主の後藤三右衛門を裏切りおった。それゆえ、京からわしが呼ばれたのじゃ」

「京から」

「さよう。三右衛門は気前の良い男でな、わしのごとき者を遇してくれる。おぬしのことも、えらく興味を持っておったぞ。わざわざ部屋に忍びこんできた曲者《くせもの》に脅されたそうじゃ。おぬし、相手が大名でも、平気な顔で首を飛ばすらしいな。それがまことなら、一度会ってみたいと言うておったわ」

忍びこんで三右衛門を脅した曲者とは、伝右衛門のことであろう。

どうやら、効果は覿面《てきめん》だったらしい。

幻斎は、さらに近づいてくる。

「幻四郎のこと、聞きたくはないか。わしはな、八瀬のおなごのことも知っておるのだぞ」

「八瀬のおなごとは」

「行方知れずになったおぬしの養母じゃ。おぬしの養母と幻四郎は浅からぬ因縁で結ばれておる」

蔵人介はおもわず、眸子を剝いた。

「くふふ、詳しいはなしを知りたかろう。ならば、今から金座を訪ねよ」

「今から」

「言うたであろう。後藤三右衛門が、おぬしに会いたがっておるのよ。わしはな、島尾官兵衛なる飼い犬の首尾を見届けにまいったのではない。おぬしに言伝を告げにまいったのじゃ。さればな」

怪しげな老人の気配は消えた。

もちろん、蔵人介に迷いはない。

たとい、罠であろうとも、誘いに乗る以外に道はなかった。

十三

蔵人介は南瓜畑の端に立っている。

真夜中にもかかわらず、鬱陶しいほどの蒸し暑さだ。

金座は鬱勃《うつぼつ》と闇に沈み、畑のまんなかに燈火が点々とつづいていた。

「導いておるのか」

ここは地獄の入口かもしれぬ。

「幻四郎」

鹿骨幻斎の漏らした名を口ずさんだ。

幻四郎なる者が痩せ男の正体なのであろうか。

卯三郎によれば、鹿骨幻斎のもとで梨羽進悟は三日三晩にわたって修行をかさねたという。

幻四郎がどれだけの修行を積んだのかはわからぬ。

だが、役小角の末裔を自称する幻斎のもと、牛若丸《うしわかまる》のように鞍馬山の山中で修行に励んだことは確からしい。

知りたいのは、もっと以前のことだ。

幻四郎なる者が、いったい何処で志乃と関わったのか。

それさえ聞きだすことができれば、行く手に立ちこめる深い霧は晴れるのかもしれない。

期待すればするほど、咽喉の渇きをおぼえた。

燈火に沿って慎重に進むと、裏木戸へ行きあたる。

木戸はなかば開いており、すんなり内へ忍びこめた。

長い三和土《たたき》を通りぬけ、草履を脱いで廊下へあがる。

廊下の壁にも、点々と手燭《てしょく》がつづいていた。

突きあたりを何度か曲がり、行き止まりの部屋へたどりつく。

襖障子を開けると、行燈に照らされた上座に後藤三右衛門が正座していた。

鹿骨幻斎は見当たらぬものの、気配だけは隅のほうにわだかまっている。

「よう来られた。さあ、そちらへ」

三右衛門に促され、蔵人介は対座する位置に座った。

ふたりの膝前には、酒膳が置かれている。

一合徳利が二本と盃がふたつ、酒肴には葱《ねぎ》ぬたや蒟蒻の白和《しらあ》え、芋茎《ずいき》の酢漬けなどの小皿が並んでいた。

「上等な富士見酒にござります。さ、どうぞ。毒は入れてござりませぬゆえ」

注がれた盃を口に寄せ、一気に呷《あお》ってみせる。

「ほっ、さすが天下の鬼役さま、小気味よい呑みっぷりにござりますな」

「酒を呑みにきたのではない」

「承知しておりますとも。それにしても、島尾官兵衛が容易に負けるとはおもいませなんだ。あの者、江戸では五指にはいる剣客と聞いたゆえ、けっこうな報酬で雇い入れたのでござります。負けるにしても負け方がござりますからな。ああもあっさり斬られてしまうと、雇った手前の眼力を疑われかねない」

幻斎から報告を受けただけであろうに、まるで、自分の目でみてきたようにものを言う。

「剣客をみる目に、よほどの自信があるようだな」

「皮肉にござりますか」

「ともあれ、おぬしはわしの命を狙わせた。この場で首を刎ねられても、文句は言えまい」

「島尾たちを差しむけたのは、矢背さまのお力を確かめるため。金座へお越しいただくための方便ゆえ、どうかご容赦を」

「尾花沢権太夫と板柳恭七郎のことは、どう言い訳いたす」

「あの連中とは相容れませぬ。されど、手前といたしましては、長州萩藩との関わりを失いたくない。何せ、密貿易による利益は今後、薩摩を凌《しの》ぐことになるやもしれませぬからな。手を組むべき相手は村田清風なれど、なかなか条件面で折り合いがつかぬ。それゆえ、対峙する者たちに唾を付けたまでのこと。尾花沢の代わりなんぞは、いくらでもおりまする」

蔵人介は、じろりと睨む。

「わざと、わしに斬らせたのか」

「いえいえ、天下の鬼役さまに無粋なことはさせませぬ。密談のことを知る鬼役父子をどうにかしたいと抜かすので、島尾官兵衛を貸してやったまで。尾花沢たちは勝手に死に急いだにすぎませぬ。さようなことよりも、お聞きになりたいはなしがおありなのでは。ささ、もう一献」

蔵人介は渇いた咽喉に酒を流した。

三右衛門は徳利を抱え、にやりと笑う。

「さて、まずは何からおはなしいたしましょう」

「おぬし、痩せ男を雇っておったのか」

「はい。身を守るために、あの者を雇い入れました。口をきいてくださったのは豊川稲荷の宮司《ぐうじ》さまでしてな、荼枳尼天《だきにてん》の化身のごとき強者を持てあましているとのことで。雇うにあたってはたいそう骨が折れましたが、手前の抱く遠大なる野心を説いて聞かせると、おもしろがってくれたようで」

天下の金を動かす商人の遠大なる野心とは何なのか。

少なからず興味をしめすと、三右衛門は勝手に喋りだした。

「手前の夢は海の外に広く門戸を開き、諸外国の誰とでも闊達《かったつ》に交易をおこなうことにござります。そのためには、この世の秩序を壊滅させ、燎原《りょうげん》の火のごとく、すべてを無に帰さんとするほどの心構えが要りまする。と、かような大風呂敷をひろげましたところ、あの者はえらく気に入ってくれましてな。どうせなら、徳川の転覆《てんぷく》をめざすがよい。それならば手伝ってやると申しました」

「徳川の転覆か」

根にあるものは、破壊への衝動であろうか。痩せ男は加速する狂気を自分でも扱いかねているのかもしれない。

三右衛門は喋りつづけている。

「手前が指図せずとも、手前にとって障壁となる輩はすみやかに排除してくれました。あれほど役に立つ者はおりませなんだが、見事に裏切られましてな。おそらく、今は闇に潜み、手前の命を虎視眈々《こしたんたん》と狙っておりましょう」

「何故、裏切られたのだ」

「あの者の素姓を調べさせたからにござります」

それを証拠に、調べた番頭の清五郎は斬られたという。

「あの者は清五郎の命を奪ったのでござります。長州萩藩の寺川弥左衛門さまは、巻きぞえを食ったにすぎぬ。おかげで、村田清風さまは交渉を打ちきられた。いったい、あの者は何をどうしたいのか。ともかく、みずからの来し方に関わる者たちを、すべて葬りたいのでござりましょう」

「来し方に関わる者たち」

「もちろん、そのなかには、御母堂の志乃さまもふくまれておられるかと」

三右衛門はさりげなく言い、不敵な笑みを浮かべて覗きこんでくる。

蔵人介は斬りつけるほどの勢いで、三右衛門のしたり顔を睨みつけた。

「これ以上おはなしすれば、首を飛ばされかねませぬ。ここからさきは、幻斎どのにお願いいたしましょう」

「しからば」

部屋の隅に、ぽっと行燈の炎が灯った。

幻斎の皺顔だけが、揺れる炎のそばに浮かぶ。

「さすが、金座支配の後藤三右衛門じゃ。金を湯水と使うて、短いあいだに幻四郎の素姓を探りだしおった。番頭の清五郎は京まで参り、わしのもとへたどりついたのじゃからのう」

今から四十年もむかしのはなしだという。幻斎は洛北の赤山《せきざん》禅院に身を寄せていた。

赤山禅院は慈覚大師《じかく》円仁《えんにん》の遺命により、九百五十年以上前に建立された。比叡山延暦寺の別院でありながら、赤山明神なる神を本尊とする。赤山明神とはすなわち、仏説に言うところの閻魔大王、陰陽道《おんみようどう》では冥府《めいふ》の主宰者たる泰山府君《たいざんぶくん》をしめす。

「鬼門《きもん》を守護する猿を祀っておってのう、拝殿の大屋根からは御幣《ごへい》と鈴を両手に持った猿の像が常のように睨みを利かせておる。冬も近づいた凍てつく朝のことじゃった。拝殿に大きな雌猿が一匹あらわれてな、何とその猿は赤子を腹に抱えておったのじゃ。数日後、近衛家の使者と名乗る者がやってきてのう、居丈高に猿が抱えてきた子を渡せと言う。おそらく、洛中に聞こえるほどの噂になっておったのじゃろう。ご住職は知らぬ存ぜぬで押し通し、わしに赤子を預けて逃げよと命じた」

その子が近衛家の血筋であり、人買いに盗まれたこともあきらかになった。皇族のあいだでは一度穢《けが》された子の命は絶たねばならぬという不文律があり、その子の命が風前の灯《ともしび》であることを察し、住職は幻斎に猿の拾い子を託したのだという。

「わしは赤子を抱えて逃げ、鞍馬山の山中に潜んだ。死なずに育ってくれたので、その子に幻四郎という名を与え、二十年近くも修験者のごとき暮らしをつづけた」

幻斎は出生の秘密を知りたくおもい、折に触れてはそれらしき逸話を探しまわった。そして、幻四郎もすっかり一人前になったあるとき、これはとおもう真相らしきものを突きとめた。

「幻四郎が捨てられる何年か前のことじゃ。琵琶湖の畔《ほとり》にひとりの妊婦《はらみおんな》が佇んでおった。八瀬の主家に繋がるおなごでな、近衛家に出入りをしているとき、御先代から見初められて寵愛を受け、子を身籠《みご》もったのじゃ」

ごくっと、蔵人介は空唾を呑んだ。

幻斎はかまわず、淡々とつづける。

「無論、下賤《げせん》の身で高貴な方の子を孕むとは言語道断、おなごは子を産んではならぬと厳しく命じられた。それゆえ、みずから琵琶湖の畔へおもむき、河原石で腹を叩いたのじゃ。されど、ついに堕《お》ろすことができなんだ。数月のちに子を産みおとし、山里で秘かに育てておったらしい。ところが、近衛家の怒りを恐れた家の者が母の目を盗んで赤子を奪い、御所の東南にある猿ヶ辻に捨てた」

赤子を拾ったのは人買いであったが、人買いは捕縛されて内舎人《うどねり》に首を刎ねられた。そのとき、攫《さら》われていた多くの子らが道連れにされたが、何人かは逃れた。

「幻四郎は、そのうちのひとりじゃった。しかも、猿に救われ、赤山禅院へ連れてこられた。何度も死の際を行き来し、とどのつまりは生かされる運命にあったのじゃ」

幻斎は黙り、蔵人介の反応を確かめる。

「八瀬のおなごのくだりをはなしてくれたのは、卜部実篤《うらべさねあつ》と申す従者じゃ。近衛家に古くから仕え、生き字引と言われておった人物でのう。もう、わかったであろう。八瀬のおなごとは、志乃どののことじゃ。やがて、幻四郎は出生の秘密を知り、わしのもとから消えた」

数年ののち、京洛で辻斬りが頻発し、多くの人買いが命を落とした。何人もの町人が寿詞《よごと》を耳にし、痩せ男の面を付けた男を見掛けているという。

「三右衛門どのは幻四郎の顔を知らぬと聞いた。もはや、痩せ男が面なのか、顔なのかも判然とせぬと言う。比良山地に棲《す》む能面居士のごとく、現世への怨念が面に憑依《ひょうい》し、みずからの肉と化してしまったのやもしれぬ」

「現世への怨念」

「さよう、捨てた母への憎しみが幻四郎を魔物に仕立てあげたのじゃ。肥大した憎しみがこの世のすべてを破壊し尽くしたいという衝動に、あやつめを駆りたてておるのやもしれぬ。憐《あわ》れよのう。そうはおもわぬか、矢背蔵人介よ。おぬしの出生も調べたぞ。ひょっとしたら、あやつはおぬしにとって腹違いの弟やもしれぬとはな。

だとすれば、これも因縁よのう」

ふっと、炎が消えた。

三右衛門に目を移せば、膳のあったところに三方《さんぼう》が置かれ、燦爛《さんらん》と輝く小判が山積みにされている。

「報酬はお望みのまま。幻四郎なる者を捜しだし、命を絶っていただきたい。それがあなたさまご自身のお役目でもあろうかと」

洛中に建つ御所の屋根と塀は東北の角が「鬼門封じ」で切りとられ、軒の奥には烏帽子《えぼし》を付けた猿の像が祀られている。ゆえに、猿ヶ辻と呼ばれる場所と洛北の赤山禅院とを結んだ延長上には比叡山が聳《そび》え、比叡山の山頂には都の鬼門を守護する延暦寺が超然と建っていた。

寺の猿小屋には生きた猿が飼われ、猿は「魔除《まよ》け」であるばかりか、天子の「身代わり」としての役目も果たす。天子が疱瘡《ほうそう》に罹れば猿も疱瘡に罹り、どちらかの症状が重いときは一方が軽く、猿が疱瘡で死ねば天子は快癒《かいゆ》するともいう。

捨てられた赤子は猿に拾われ、生きのびることができた。

が、いまだに鬼門から逃れられずにいるのかもしれない。

耳を澄ませば、闇の彼方から寿詞《よごと》が聞こえてくるかのようだ。

――どうどうたらりたらりら、たらりあがりららりどう……

蔵人介は、じっと耳をかたむけた。

今みているのが夢だとすれば、まちがいなくそれは悪夢であろう。所詮、人は運命の呪縛から逃れられない。猿に拾われた幼子はこの世に生まれおちた不運を嘆き、捨てた親を憎むことしかできなかった。殺生の罪業をかさねたのもすべては逆恨みから発したこと。怨嗟《えんさ》の果てにあるものは、みずからの死でしかないのだろう。

蔵人介には痩せ男を斬らねばならぬ明確な理由がある。親しい者たちの大切な命を奪われてきたからだ。

――……ちりやたらりたらりら、たらりあがりららりどう……

怨念が憑依《ひょうい》したかのごとき寿詞は次第に遠ざかり、やがて、金座の一角には水を打ったような静けさが訪れた。

怨嗟《えんさ》の果て

一

夏越《なごし》の祓《はら》いも終わり、暦が立秋《りっしゅう》に替わると、茹《う》だるような蒸し暑さは薄らいだような気分になる。

蔵人介のすがたは上州《じょうしゅう》の高崎《たかさき》城下にあった。

鹿骨幻斎から「高崎の達磨寺《だるまでら》に幻四郎の痕跡」との連絡を受け、押っ取り刀で御納戸町の家を出た。日本橋から中山道《なかせんどう》を二十六里十五町（約一〇四キロ）、歩いて五日かかるところを四日でやってきたのだ。病と偽って役目を離れたのは、おそらく、生涯ではじめてのことだろう。

随行するのは串部ひとり、卯三郎は家の守りに置いてきた。

高崎は利根川《とねがわ》支流の碓氷川《うすい》と烏川《からす》が合流する台地に広がり、北方には三国街道《みくに》を挟んで赤城山《あかぎやま》と榛名山《はるなさん》を、中山道の延びる西方には奇岩の連なる妙義山《みょうぎさん》をのぞむことができる。

八万二千石の領地を治めるのは「知恵伊豆」と呼ばれた松平信綱《まつだいらのぶつな》の系譜に連なる大河内《おおこうち》松平家、年若い輝充《てるみち》公は美濃高富《みのたかとみ》藩本庄《ほんじょう》家からの養子だ。

「城を築き、高崎と命名されたのは、井伊直政《いいなおまさ》公だそうですな」

串部は久方ぶりに江戸を離れ、すっかり羽を伸ばしている。

「ちょいと足を延ばせば、伊香保《いかほ》温泉がありますぞ。殿は行かれぬ、ああそうですか。ならば、それがしひとりでまいりましょう。高崎まで来て伊香保に行かぬ阿呆はおりますまい。それにしても、牛馬に牽《ひ》かれた荷車が多ござりますな」

ひとつ手前の倉賀野《くらがの》は舟運《しゅううん》の起点で、上信越《じょうしんえつ》から陸路で運ばれた米や大豆や煙草などが河岸で高瀬舟《たかせぶね》に積みかえられ、三日掛けて江戸へ運ばれる。高瀬舟は一艘《そう》あたり百俵から三百俵の米を積んで運び、江戸からは塩、茶、干鰯《ほしか》などを積んで戻る。ために、高崎城下の往来には荷車が数多く行き交っていた。

中心は商家が軒を並べる田町《たまち》である。「お江戸みたけりゃ高崎田町」と小唄にも唄われるほどの活況を呈していたが、理由は特産物である高崎絹の大市が立つからだ。江戸のみならず、近江《おうみ》や京大坂からも買いつけ商人たちが集まるので、街道沿いの旅籠《はたご》は常のように賑わっている。

ふたりは『赤城屋』という旅籠に落ちつき、下見も兼ねて城下を散策しはじめた。旅籠の番頭によれば、目途とする少林山《しょうりんざん》達磨寺は西方一里十町余りの高台にあるという。夕暮れも迫っているため、寺を訪ねるのは明日にし、西のほうへ何となく足を向けてみると、中山道へ通じる宿場外れまで来てしまった。

棒鼻《ぼうはな》の脇に大きな榎木《えのき》が植わっており、榎木の向こうに人垣ができている。

「何でしょうな」

串部は好奇心剝きだしで発し、裾をからげて駆けだす。

蔵人介がのんびり近づくと、興奮気味の顔で戻ってきた。

「殿、仇討ちですぞ。しかも、白装束のおなごがおりまする」

串部は人垣を掻きわけ、前面に躍りでた。

蔵人介も急いでつづく。

「はじまりますぞ」

簷まで雑草の生えた空き地に、三人の男女が対峙していた。

荷役たちが仲間同士で喋っている。

「父親の仇を兄妹が討つんだってよ」

「仇ってのはおめえ、高崎藩きっての遣い手なんだろう」

「何でも、天真一刀流《てんしんいっとう》の遣い手らしいぜ。お父上は松平さまのご重臣でな、飯山監《いいやまけん》物《もつ》さまよ」

「飯山監物さまと言やあ、宿場を仕切る御奉行じゃねえか」

「御勘定奉行でもあらせられる。藩の重鎮てやつさ。一子の光友《みつとも》さまは持筒頭《もちづつがしら》だが、素行の悪さは折紙付きでな、非番の折に茶屋で散財し、酒に酔って往来へ繰りだしたあげく、白刃を抜いて野良犬を斬ろうとしたそうだ。そこへ、運悪く行きあわせたのが、神野庄《じんのしょう》左衛門《ざえもん》という平勘定《ひらかんじょう》さ。野良犬を逃がして立ちふさがったところを、ばっさり、一刀両断にされた」

「とばっちりってやつか」

「斬られたところを、通行人がみている。ところが、斬った光友さまはその場から逃げ去り、目付筋に詰問《きつもん》されても知らぬ存ぜぬで押しとおした。何とそいつが通っちまい、お咎め無しの沙汰が下された。斬ったのは上士で、斬られたのは下士だ。下士たちの怒りは収まらねえ。藩は事を収めるのに困り果て、仇討ちで決着をつけることにした」

事の次第をかいつまんで説けば、そういうことになるらしい。

「白装束の兄妹ってのは、野良犬の代わりに斬られた下士の子たちってことか」

「誰もが祈るような気持ちさ。何とか、仇討ちを遂げさせてやりてえとな」

「兄貴のほうは、剣術ができんのかい」

「さあ、わからねえ」

三人の佇む姿勢をみただけで、勝負の行方は容易に想像できた。

どう逆立ちしても、兄妹は勝てまい。

事情を聞けば同情を禁じ得ぬものの、無論、助太刀はできない。

下手に助太刀して重臣の子を死なせたら、面倒臭いことに巻きこまれる。

それがわかっていながらも、串部は身を寄せてきた。

「殿、何とかなりませぬか。ここぞという場面で、礫《つぶて》のひとつも投げてみましょうか」

止めておけとも言わず、蔵人介は渋い顔をする。

これを諾《だく》と受けとめたのか、串部は手頃な大きさの石をみつけて拾った。

蔵人介も気づかれぬように身を屈め、足許に転がった小石を拾う。

草叢《くさむら》が吹きぬける風に揺れた。

頃合い良しと判断し、双方は白刃を抜きはなつ。

対峙する敵と兄は二尺五寸そこその本身だが、妹だけは一尺五寸に満たぬ脇差を握っている。

天真一刀流の手練だけあって、光友なる敵の物腰はじつに堂々としていた。が、兄妹のほうも予想に反して、かなりやりそうな雰囲気を感じさせる。

ことに、兄の構えは独特だった。

本身を上段に掲げて刀を寝かせ、切っ先を相手の眉間につけている。

「馬庭念流《まにわねん》だな」

蔵人介は、ぐっと身を乗りだした。

上州一円に根を張る馬庭念流は、受けに妙味のある流派である。ひたすら受けて粘りぬき、相手が疲れたところに会心《かいしん》の一撃を見舞う。「続飯付《そくいづ》け」と称し、相手の繰りだした白刃を受ければ、膠《にかわ》のようにくっついて離れぬ技もあった。

飯山光友なる敵も、馬庭念流の恐ろしさは充分にわかっているようだ。

容易には斬りかからず、じっと青眼に構えたまま、慎重に間合いをはかる。

しかも、兄のほうに何事かを語りかけた。

声が小さすぎて聞き取れない。

ただ、蔵人介には唇を読むことができた。

——絵図面を渡せば、命を助けてもよいぞ。

敵はそう言って笑ったのだ。

兄はこたえず、じりっと間合いを詰めた。

睨みあいがつづくなか、焦《じ》れたのは妹のほうだった。

勝ち気な性分なのであろう。

「お覚悟」

甲高く発するや、低い姿勢で風のごとく迫り、両手をぐんと伸ばして頭から突っこんでいく。

「小癪《こしゃく》な」

敵は叫び、一刀を弾いた。

弾いた勢いのまま、妹の肩に斬りつける。

すばしこい妹は逃れたやにみえたが、白刃の切っ先は予想以上に伸びていた。

「うっ」

妹は肩口を斬られ、ざっと倒れる。

「由奈《ゆな》」

兄は叫び、みずから斬りつけていった。

先手を打ってしまえば、相手の術中に嵌《は》まるのは目にみえている。

敵はわずかに手の内をまわし、太刀の反りを利用しながら兄の一刀を逸らした。

切っ先三寸、鍔《つば》元六寸で打突《だとつ》をさばく「猿卍《さるまんじ》」と呼ぶ技だ。

兄は切っ先を搦《から》めとられ、前のめりにたたらを踏む。

「南無《なむ》八幡《はちまん》、往生せよ」

敵は大上段に構え、本身を一刀両断に斬りおろす。

刹那、兄の頭蓋がふたつに割れ、血飛沫《ちしぶき》が奔出した。

「ふえっ」

人垣は微動もしない。

仰天して、金縛りにあっている。

敵は返り血を浴び、全身血達磨になった。

倒れた妹を鬼の形相で見下ろし、止《とど》めの一撃を浴びせるべく、本身を頭上に振りあげる。

その瞬間、串部が手にした礫を投げた。

——びゅん。

礫は風を切ったが、仰け反った敵の鬢を掠めただけだ。
「あれ」
串部は首を捻った。
すかさず、蔵人介が小石を投げる。
——びゅん。
小石は狙った軌道を外れず、敵の右目に命中した。
「ぐはっ」
敵が後ろに倒れると同時に、串部は駆けだしている。
猛然と草叢を突っ切り、手傷を負った妹を肩に担ぎあげた。
「……ま、待て、くそっ」
光友なる敵は右目を押さえて起きあがり、ふらつきながらも追いかける。
串部は容易に振りきり、人垣の狭間に消えていった。
その様子を、蔵人介は遠目に眺めている。
——絵図面を渡せば、命を助けてもよいぞ。
飯山光友の発した台詞を反芻《はんすう》すれば、ただの仇討ちでないことは想像できた。
厄介事を抱えこむ気はないが、ああする以外に手はなかったのかもしれない。

手負いの妹を随伴するわけにはいかぬので、どうにかして領内から逃す手だてを考えねばなるまい。

「弱ったな」

蔵人介は溜息を吐き、棒鼻のほうへ踵を返した。

二

さいわいにも、妹の傷はごく浅いものだった。が、心に受けた傷のほうは容易に癒やせまい。何しろ、目のまえで兄が一刀両断にされたのだ。

妹は名を由奈という。兄がそう叫んでいた。

由奈はことばを失ったように黙りこみ、みずから名乗りもしなければ、救われたことを感謝もせず、ただ、血走った眸子《まなこ》で畳を睨みつけるばかりだった。

目が離せぬので、翌朝は串部を由奈のもとに残し、蔵人介はひとりで旅籠を出た。

中山道に沿って西へ向かい、碓氷川を渡って丘陵を登る。

早足に歩けば、半刻《はんとき》（一時間）も掛からずに目指すさきへたどりついた。

少林山達磨寺は黄檗《おうばく》派の禅寺、水戸光圀《みとみつくに》も帰依《きえ》した唐渡りの心越《しんえつ》禅師が開いた。正月七草の頃に境内で開かれる達磨市は、養蚕《ようさん》農家の縁起物として達磨が珍重されたことにはじまるという。

このような禅寺に、痩せ男の痕跡があるのだろうか。

鹿骨幻斎に導かれて江戸をあとにしたが、正直なところ、幻斎が味方だとはおもっていない。ましてや、得体の知れぬ後藤三右衛門の心中を推しはかることなどできず、疑念しか浮かんでこぬものの、ほかに端緒《たんしょ》がない以上は言われるがままにしたがうしかなかった。

宿坊を訪ねてみると、若い僧が本堂へ招じてくれた。

本尊の十一面観音像に向かって座禅を組めば、心は明鏡《めいきょう》止水《しすい》へと導かれていく。

眸子を静かに開くと、すぐそばに住職らしき高僧が座っていた。

「放下著《ほうげじゃく》」

やにわに、禅語を切りつけてくる。

「今より三月ほどまえ、ふらりと訪ねきた修験者に向かって、さように告げた。あらゆるこだわりを捨て、来し方の呪縛から逃れよという意味じゃ。かの者は呵々《かか》と嗤《わら》って、こたえた。言語道断《ごんごどうだん》、看々臘月盡《かんかんろうげつじん》とな」

「言語道断、看々臘月盡」

「真理はことばにできぬものゆえ、余計なことは口にせず、容赦なく尽きていくこの命を刮目《かつもく》せよ。拙僧は叱咤《しった》と受けとった。何千何万と問答を重ねてまいったが、かほどに鋭い切り返しは稀にもござらなんだ」

住職は瞬きひとつせずに語り、蔵人介をじっとみつめてくる。

眼差しは異様な光を帯びていたが、どこか虚《うつ》ろな印象も拭えない。

「もしや、目を患っておられるのか」

「何もみえぬ。それゆえ、かの者の顔も姿も知らぬ。目がみえておれば、斬られていたやもしれぬ。問答を仕掛けた刹那、異様なまでの殺気を放ったゆえのう」

宿坊に起居する僧のなかにも、痩せ男をみた者はいないという。

だが、まちがいなく、達磨寺を訪ねたのは本人であろうと、蔵人介はおもった。

「何故、その者はご住職のもとを訪ねたのでござろうか」

「同じことを、かの者の師匠と名乗る御仁に聞かれた」

「鹿骨幻斎にござりますな」

「そのように名乗られておったやもしれぬ。かの御仁はおそらく、米寿《べいじゅ》を超えておられよう。五欲への渇望から生じる並々ならぬ現世への執着が、不老長寿の恩恵をもたらしておるのか。まるで、魔に取り憑《つ》かれているようでもあった」

「魔にござるか」

「人の心には魔が潜む。いかに善行を積んだ徳の高い人物でも、魔が差す一瞬というものはある。されど、魔に取り憑かれた人物というのはめずらしい。それゆえ、拙僧はしてはならぬことと知りながら、かの御仁の来し方行く末を覗いてみた」

「ん、覗くというのは」

蔵人介が顔をしかめると、住職は声もあげずに笑った。

「拙僧は千里眼なのじゃ。精神を空にいたせば、対峙する者の来し方も行く末も垣間見ることができる」

胡散《うさん》臭さは少しも感じない。信じてもよかろう。だいいち、住職が嘘を吐く理由はないのだ。

「何がみえましたか」

「奥の院じゃ」

「えっ」

鞍馬寺の奥の院が頭に浮かんだと聞き、蔵人介は驚いた。

「師弟が激しく打ちおうていた。おそらく、あれは修行であろう」

「ほかには」

「黄金がみえた」

「黄金」

「さよう、山と積まれた黄金が燦爛《さんらん》と輝いておった。来し方ではなく、行く末じゃ。おそらく、すでにみつけたか、近々にみつけるであろう。数十万両におよぶ謙信《けんしん》公の隠し金をのう」

「……す、数十万両の隠し金」

「そうじゃ」

住職はみえない眸子を細める。

「武田信玄《たけだしんげん》が隠したと伝えられる甲州金《こうしゅうきん》と異なり、長らく無いものと考えられてきた。されど、以前から噂はあったのじゃ。上杉《うえすぎ》謙信が佐渡の金山より運ばせた金が、雪深い山間《やまあい》の村で秘かに錬金されておるという噂がな。もうわかったであろう。魔に取り憑かれた師弟は隠し金の在処《ありか》を聞きだしたいがために、拙僧のもとを訪れたのじゃ」

釈然としない。師弟はどうやって、黄金のことを嗅ぎつけたのであろうか。

「かつて、拙僧も黄金を探したことがあった。大寺院を建立するために、あれば欲しいとおもうてな。端緒をみつけ、藩に探索を依頼した。藩の役人は取りあってくれなんだが、おそらく、そのあたりの経緯を人伝《ひとづて》に聞いたのであろう。矢背蔵人介どのと申したか、貴殿は黄金に興味を惹かれぬようじゃな。呼吸の乱れでわかる。何やら、面食らっておられるようじゃ。されど、鹿骨幻斎なる御仁は申しておったぞ。人は運命に逆らえぬ。近々、運命に導かれし者が訪ねてこようとな」

「鹿骨幻斎は何処におるのでしょう」

「ひとあし先に黄金を探しに向かったのであろうよ」

「行く先をお教えになったのですな」

「わしとて、まことの在処は知らぬ。ただ、猿ヶ京《さるがきょう》のあたりということ以外はな」

「猿ヶ京」

「ここより三国街道を十五里ほど、杢ヶ橋《もくがばし》の関所を越え、中山《なかやま》峠をも越えて月夜野《つきよの》を抜け、赤谷《あかや》川に沿って山間の道を北西へ向かう」

須川《すかわ》、相俣《あいまた》といった宿場を抜けていくと、古くは宮野《みやの》と称された地に出るという。

戦国の世には城があり、上杉氏が関八州《かんはっしゅう》攻略の拠点としたらしい。

「越後《えちご》から三国峠を越えて宮野城にはいった謙信公が、城下の村を猿ヶ京と命名した」

住職は座禅を組み、じっと瞼《まぶた》を閉じた。

しばらくして目を開け、残念そうに微笑んでみせる。

「貴殿の来し方と行く末はみえぬ。じつを申せば、幻四郎なる者の心中も覗いてみたのだ。みえたのは漆黒の闇だけであった。気づいてみれば、あの者の気配は消え、微かに寿詞《よごと》だけが聞こえてきた。どうどうたらりたらりら、たらりあがりららりどう、ちりやたらりたらりら、たらりあがりららりどう……あれほど淋しげな寿詞を耳にしたことはない。まるで、あの世の亡者が嘆いておるかのようでのう」

蔵人介は手厚く礼を述べ、住職のもとを辞した。

いったん旅籠に戻り、さっそく旅仕度をはじめねばなるまい。

数十万両もの隠し金がまことにあるのだとすれば、誰もが先を争って探索に乗りだすにきまっている。

後藤三右衛門や鹿骨幻斎の狙いは、あるかなきかも定かでない黄金なのであろうか。そして、幻斎に幻四郎と名付けられた痩せ男も、黄金を求めて彷徨《さまよ》っているのだろうか。

同じ道を通ったはずなのに、帰路は倍ほども遠く感じられた。

旅籠に戻ると串部と由奈は部屋におらず、物々しい連中が宿検《やどあらた》めをおこなっていた。

三

表口で出会《でくわ》した相手は、右目を白い布で覆った藩役人だった。

仇討ちの敵、飯山光友にほかならない。

「宿検めである。御名をお聞かせ願おう」

宿帳を捲《めく》りながら、横柄《おうへい》な態度で睨みつける。

蔵人介は平然と応じた。

「幕府御膳奉行、矢背蔵人介でござる」

直参《じきさん》旗本とわかっても、光友は態度を変えない。

「将軍家のお毒味役が、高崎へ何をしにまいられた」

「湯治にござる。痛風《つうふう》病みゆえ、江戸でも評判の高い伊香保温泉へまいろうかと」

「従者とおふたりか」

「いかにも」

「妙だな。旅籠の者が、おなご連れの侍をみておる。貴殿の従者やもしれぬゆえ、ちと会わせていただけまいか」

「留守にしておる。会うのは勝手だが、おなごの連れはない。あるとすれば、飯盛《めしもり》女のたぐいであろう」

「怪《け》しからぬはなしでござるな。従者が主人の居ぬ間に、飯盛女を連れこむとは」

「詰問して事実ならば、暇を告げるとしよう。おなごを捜しておられるのか」

「いかにも。死に損ないの下士の娘でござる」

「死に損ないとは、聞き捨てにならぬな。そう言えば、宿場外れで仇討ちがあり、敵はおなごひとり討てぬ腰抜け侍だったとか。もしや、腰抜け侍が逃したおなごを捜しておられるのか」

「何だと」

光友は歯を剝きだし、蔵人介を片目で睨みつける。

「どうして、おぬしが怒るのだ」

静かに質すと、光友はすっと身を離した。

とんでもない殺気を瞬時に察したからだ。

手練だけあって、間の取り方は上手い。

「ふん、まあよかろう。従者が戻ってきたら、ともども立場《たてば》まで足労いたすように」

「そっちが来い。藩役人の分際で、直参を呼びつけるな。これ以上傍若無人《ぼうじゃくぶじん》な態度を取るようなら、こちらにも考えがある」

「どうする気だ」

「大目付に訴える」

きらりと、光友の左目が光った。

「もしや、大目付の隠密か」

単刀直入に質され、苦笑するしかない。

光友は、ぐいっと胸を張った。

「わしの父は松平家の重臣じゃ。宿場奉行も兼ねておる。わしは藩の精鋭を集めた持筒方の頭でな、父から探索の差配を任されておるのだ。怪しい者は即座に縄を打ち、穿鑿場《せんさくば》で責め苦を与えてもよいのだぞ。ここは高崎藩の領内ゆえ、直参でも抗うことはできぬ。ふん、わかったら言われたとおりにせよ。従者が戻ってきたら、ともども立場へ足労いたすように」

渋々ながらも承諾すると、光友は捕り方を率いてようやく去った。

あれだけ執念深く探索するのには、格別の理由があるにちがいない。

――絵図面を渡せば、命を助けてもよいぞ。

蔵人介は光友の口から出た台詞をおもいだした。

数刻ののち、夜の帷《とばり》が下りたころ、串部が由奈をともなって部屋に戻ってきた。

「いやあ、腹が減りました」

「おいおい、それが第一声か」

蔵人介は呆《あき》れつつも、女中に頼んで握ってもらった握り飯と香《こう》の物を取りだした。

「ふたりぶんある。食べるがよい」

「さすが、殿でござる」

「旅籠の者にみつからなかっただろうな」

「それだけは用心いたしました」

串部は握り飯にかぶりつき、沢庵《たくあん》をぽりぽり齧《かじ》る。

咽喉に飯がつっかえ、真っ赤な顔で茶をせがんだ。

「お待ちを」

由奈が茶を淹《い》れ、かいがいしく串部の世話をしはじめる。

どうやら、少しは心を開いてくれるようになったらしい。

「おぬしも食べよ」

串部に促されても、由奈は握り飯に手をつけない。

「どうしたのだ。腹が減っておるのだろう」

「今宵は七夕《たなばた》にござります」

由奈がかぼそい声で漏らす。

「七夕がどうしたというのだ」

「わが神野《じんの》家では、瘧《おこり》にならぬよう、七夕には素麺《そうめん》を食べまする」

「へっ、おぬし、素麺を所望しておるのか」

「はい」

「図々しいやつだな。殿、素麺などはござりましょうか」

蔵人介は仕方なく立ちあがり、部屋から出て女中を呼びつけ、素麺を持ってくるように命じた。

由奈が屛風《びょうぶ》の裏に隠れると、ほどなくして素麺が運ばれてくる。

「おう、きたきた。殿、申し訳ござりませぬ。これでは、どっちが従者かわかったものではない」

「おぬしが言うな」

「はっ」

女中が居なくなると、由奈は屏風の裏からあらわれ、素麺を啜りだす。

「……お、美味しゅうございます」

よほど腹が減っていたのだろう。

泣きながら素麺を啜りつづけ、二人前をぺろりと平らげた。

そして、握り飯も食う。ぽりぽり音を起てて、沢庵も齧る。

蔵人介は呆れもせず、いっそ清々《すがすが》しい気持ちにさせられた。

由奈は腹ができるや、唐突に後退りし、畳に両手をついてみせる。

「串部さまから伺いました。命を助けていただき、感謝のいたしようもございませぬ。数々のご無礼、平にご容赦くださりませ」

「よいのだ。それより、よくぞ自分を取りもどしてくれたな。父御と兄御のことは無念であろうが、生かされたその命、たいせつにするがよい」

「飯山光友を討つまでは、死んでも死にきれませぬ」

「仇討ちをあきらめぬつもりか」

「はい。受けた傷も浅傷《あさで》にございます」

「正面からぶつかって勝てる相手ではないぞ」

「闇討ちでも何でも、どのような手を使ってでも無念を晴らしとうございます」

由奈は気持ちを振りしぼり、潰れ蛙のように平伏《ひれふ》す。

串部は月代を掻きつつ、こちらに目配せを寄こした。

踏みとどまらせようと試みたものの、串部の説得にも折れなかったのだろう。

いずれにしろ、そうとうに強情なおなごのようだ。

「面をあげなさい」

蔵人介は話題を変えた。

「仇の飯山光友は、兄御に何か言わなかったか」

「えっ」

「じつはな、遠目ではあったが、仇の唇を読んだ。『絵図面を渡せば、命を助けてもよいぞ』と、あのとき、仇は言ったはずだ」

「わたくしも聞きました」

「絵図面におぼえは」

「父に託された布が一枚ございます」

「布か。それをみせてもらえまいか」

「はい」

由奈は観念したように項垂れ、懐中に手を突っこむ。

取りだしたのは高崎絹の布切れで、開いてみると墨で絵図面のようなものが描かれていた。

串部が亀のように首を伸ばす。

「ほほう、ふたつの川が八の字に流れる洲のようだな。南の起点には大木、北には鳥居がひとつ描かれておるぞ」

大木と鳥居のあいだに丸い点が三つ、朱でしめしてあった。

「朱文字で『ジュウニ』とあるな。由奈どの、この場所におぼえは」

「ありませぬ」

「何をしめしておるのかな」

「それもわかりませぬ」

父にみてはならぬと命じられていたので、由奈もはじめて目にしたという。

「つかぬことを聞くが、神野家はいつ頃から高崎の地におられた」

蔵人介の問いに、由奈は小首をかしげる。

「まだ浅うござります」

母の死を契機に江戸を離れ、五年前に知りあいの伝手をたよって高崎へ来た。父は算盤勘定に優れていたので、運よく仕官できたのだという。

「五年前か。それまで、父御は江戸で何をされておった」

「浪人暮らしをしておりました。父もむかしは直参であったらしく、いつお城からお呼びが掛かるやもしれぬゆえと、毎朝、月代を剃っておりました」

「月代を」

「はい」

蔵人介は串部と顔を見合わせた。

おそらく、由奈の父は大目付の隠密だったにちがいない。

高崎藩の領内で何かを探索すべく、五年前に潜入を命じられたのだ。

そして、一枚の絵図面を手に入れた。手に入れた際に素姓がばれ、もしかしたら、斬殺されたのかもしれない。野良犬の代わりに斬られたのではなく、明確な殺意を持った相手に斬られたのだ。

が、すべては臆測の域を出ない。

娘は父の正体も知らず、絵図面のしめす内容も教えられていなかった。

唯一わかっているのは、娘を手元から安易に逃してはならぬということだ。

「ふたりとも、旅仕度を整えよ」

蔵人介が命じると、由奈は嬉々として荷をまとめはじめた。

四

慌ただしく旅籠を発って三国街道を夜通し歩きつづけ、翌日の午過《ひるす》ぎには金井《かない》宿へ着いた。

由奈は髪を茶筅髷《ちゃせんまげ》に結い、侍装束に身を包んでいる。女を捨てたつもりだろうが、白すぎる肌のせいで赤い唇がやけに目立つ。ともあれ、仇討ちという目途が明確になったせいか、すっかり元気を取りもどしていた。

一方、串部は未練がましく「伊香保、伊香保」と連呼しつづけたが、ひとつ手前の渋川《しぶかわ》宿を過ぎたあたりで、ようやくあきらめがついたようだった。

遥か左手には榛名山が聳《そび》え、宿場を抜けたさきの南牧《なんもく》には吾妻《あがつま》川の渡し場がある。渡し場の手前には通行検めの杢ヶ橋関所が置かれ、上野《こうずけ》国十四関所のなかでも最難関と評される関所越えが待ちかまえていた。

杢ヶ橋関所を越えねば、猿ヶ京へはたどりつけない。

三人は金井宿で旅籠に落ちつき、とりあえずは策を練ることにした。

「関所を守るのは安中《あんなか》藩板倉《いたくら》家の藩士たちにござる。旅籠の番頭にそれとなく聞いたところ、関守《せきもり》の目付と与力ふたりにくわえ、常番の捕り方が十人近くも詰めておるとか」

「けっこうな人数をかけておるな」

しかも、南の利根川と合流する一里強の川筋は要害とみなされ、四六時中見張りが行き来しているという。

「川を泳いで渡るわけにもいかぬか」

「由奈どのもおりますし、まず、無理でしょうな」

足手まといにされたと感じたのか、由奈は膨れ面をする。

「何なら、ひとりで戻ります。お誘いいただいたので従いてまいりましたが、このままでは敵から離れていくばかりですし」

「まあまあ、臍《へそ》を曲げられるな。戻っても返り討ちにあうだけのはなし、少し日を空けて警戒が薄れるのを待ちなされ」

串部は懸命になだめつつ、こちらに浮かない顔を向ける。

「殿、高崎藩の連中は関所まで手配りしておりましょうか」

「おそらくな」

はなしは通っているとおもったほうがよかろう。

要害となる関所には、諸藩のみならず幕府からの通達も届く。たとえば、盗人などの人相書きは早飛脚によってもたらされ、関守は余すところなく把握していた。隣藩との連携もそれなりに取れているだろうし、由奈の人相書きが通達されておらぬという保証はない。

敵の飯山光友は由奈の父が遺した「絵図面」を狙っているようだった。由奈が携えているものと察し、宿検めまでおこなったのだ。あれだけの執念なら、街道沿いの関所に抜かりなく手配りをしているにちがいない。

それにしても、敵の欲しがる絵図面には何がしめされているのだろうか。

朱で記された「ジュウニ」は何処にあり、三つの点は何を意味するのか。

蔵人介は道すがら、達磨寺の住職に告げられたはなしを反芻していた。

ひょっとしたら、隠し金の在処をしめす絵図面なのかもしれない。

――謙信公の隠し金。

だとすれば、仇討ちで由奈を助けたのも、何かの因縁であろう。

蔵人介の思念を破るように、串部がはなしかけてくる。

「女手形はありませぬし、やはり、若衆に化けて関所を通るしか手はござりませぬな」

今日中に関所越えをするか否か、判断しなければならない。

串部は様子を探るべく、ひとり旅籠を出て関所へ向かった。

汗みずくで戻ってきたのは、半刻ほど経ってからのことだ。

「困りました。関所前の捨て札に、由奈どのの人相書きが貼られております。飯山光友こそ見当たりませぬが、高崎藩の捕り方も何人か詰めておる様子。敵はおもった以上に侮れませせぬぞ」

「さようか」

溜息を吐きつつも、逆しまに肚が据わった気分になる。

「よし、まいろう」

蔵人介は決断した。

「串部、損料屋《そんりよう》で挟み箱《はさばこ》を借りてきてくれ」

「はあ」

由奈を挟み箱持ちに化けさせ、みずからは越後長岡《ながおか》藩の藩士に化ける。

関守に用件を問われたら、江戸表から国許へ急ぎ帰らねばならぬの一点張りで通すしかないと決めた。

しばらくのち、串部は何処からか挟み箱を探してきた。

由奈の顔を煤《すす》で汚して着替えさせ、どうにか主従の体裁を整える。

旅籠を発って吾妻川へ向かい、八つ刻（午後二時）には関所までたどりついた。

柵を越えれば川なので、丸太組みの建物は吹きさらしの強風に晒されている。

入口へ踏みこむや、厳《いか》つい門番に誰何《すいか》された。

用人役の串部が長岡藩の藩士主従であることを告げる。

ほどなくして、白洲も兼ねた平屋の一角へ導かれた。

関守は一段高い板間の中央に座り、左右に与力同心を侍らせている。

泥鰌《どじょう》髭を生やした小太りの四十男で、横柄な態度を隠そうともしない。

「長岡藩牧野《まきの》家のどなたでござったかな」

「勘定方小頭《こがしら》、鈴木蔵人介にござる。右は用人の串部六郎太、後ろに控えるは小者の佐助《さすけ》。火急の用件で江戸表へ参じ、国許へ帰る途中にござる」

関守は泥鰌髭をしごいた。

「江戸にはどれほどおられたのか」

「半年ほどでござろうか」

「されば、半年前には関所を通ったということじゃな」

「そうなりますな」

「半年前となれば、こちらのおぼえも薄れてはおろうが、貴殿の顔にはまったくおぼえがない。それがし、杢ヶ橋の関守になって三年余りになる。通った者の顔はたいがいおぼえておるのだが、貴殿の顔だけはいっこうにおもいだせぬ。怪しいと申せば、いかにも怪しい。ともあれ、易々《やすやす》と通すわけにはまいらぬ」

「通さぬと言われても困ります。どういたせばよいのでしょう」

「そうよな」

関守は底意地の悪そうな笑みを浮かべる。

「牧野家のご家中であることを証明していただけぬか」

「いったい、どうやって」

「されば、二、三問いを出すゆえ、即答していただこう。まずは、牧野家の家紋じゃ」

「丸に三《み》つ葉柏《ばがし》にござる」

「されば、藩旗は何か」

「五間梯子《ごけんばしご》にござる」

「されば、家訓は」

「参州牛窪之壁書《さんしゅううしくぼ》にある筆頭の教えは、常在戦場《じょうざいせんじょう》にござる」

「ふん、されば、上杉謙信公の辞世の句は」

「極楽も地獄もさきは有明《ありあけ》の月の心に懸かる雲なし……それは牧野家と関わりはござらぬとおもうが。それに、問いは二、三と言われたはず」

「まあ、よいではないか」

関守は眸子を血走らせ、矢継ぎ早に問いを捻りだした。

「されば、江戸表における御家の菩提寺は」

「三田台町《みただいまち》の済海寺《さいかいじ》にござる」

「ふうむ、すらすらとこたえるな。されど、つぎは難しいぞ。長岡藩牧野家のご家中ならば誰でも知っておるはずのもの、侍の恥辱《ちじょく》十七ヶ条をすべて述べてみよ」

蔵人介は黙った。

「くふふ、さすがに無理であったか。にわか藩士ではのう」

関守は嘲笑い、串部と由奈は空唾を呑みこむ。

「どうした、降参か」

得意げな関守にたいして、蔵人介は涼しい顔を向けると、おもむろに低い声で語りはじめた。

「あるひと曰《いわ》く、侍の恥辱は戦場に遅れたる計《けい》にはあらず、そのほかあまた品あり。

ひとつ、虚言また人の仲を悪《あ》しく言いなすこと。ひとつ、頭を張られても張りても恥辱のこと。ひとつ、座敷にても露地にても慮外《りよがい》のこと。ひとつ、親兄弟の敵を狙わざること。ひとつ、堪忍《かんにん》すべき儀を堪忍せず、堪忍すまじき儀を堪忍すること。ひとつ、叱言すべき儀を叱言せぬこと。ひとつ、被官の者成敗すべきを成敗せざること。免すべきを免さぬこと。ひとつ、欲徳の儀につき人を出し抜くこと。ひとつ、人の手柄をそねむこと。ひとつ、好色のこと。ひとつ、贔負《ひいき》の人多き所にて強みを出すこと。ひとつ、手に足らぬ相手にがさつなること。ひとつ、武功の位を知らずして少しの儀を自慢すること。ひとつ、欲を先だて縁類を求むること。ひとつ、主君の仰せなりとて御請申まじきを辞退なく、あるいは御暇を申すべき儀をとかくして申さざること。ひとつ、仕合よき人をば悪きも誉め、仕合悪しき人をばよき人をも誹《そし》りあなずること。ひとつ、我身少し仕合よきときは誇り、めてになりたるときは滅入ること。右十七ヶ条、大方なり。このほかにもあるべし。常日頃より心置くべし」

淀みなく言いきるや、関守は唖然《あぜん》とし、我に返って賞賛のことばを吐いた。

「いや、感服つかまつった。鈴木蔵人介どの、ささ、通られよ」

主従は無事に杢ヶ橋関所を越え、人足の担ぐ輿に乗って吾妻川も渡りきった。

渡ったさきの北牧宿《きたもく》で一夜の宿を求め、翌朝は難所の中山峠を越える。

そこから、六、七里も進めば、猿ヶ京へ達するはずであった。

五

串部は舌を巻いたが、何も特別なことではない。長岡藩士に化ける以上、頭のなかに想定問答を描いておくのは当然だし、侍の恥辱十七ヶ条程度のことならば、蔵人介は常日頃から諳《そら》んじていた。

翌朝、一行は見渡すかぎり萱原《かやはら》の中山峠を越え、月夜野を通りすぎた。

かつて、豊臣秀吉《とよとみ》による北条《ほうじょう》征伐の契機となった名胡桃《なぐるみ》城のあった地だ。

そこからさきは、赤谷川に沿って山間の道をたどり、須川宿を過ぎていく。

由奈は茶筅髷の男装に戻り、路傍に野仏をみつけると熱心に祈りを捧げた。

さらに街道を一里ほど進み、相俣宿を越えれば、目途の猿ヶ京にいたるはずだ。

三人は相俣宿に留まり、日のあるうちに土地の人を訪ね歩き、絵図面に描かれた場所を聞きだそうと考えた。

だが、半日聞いてまわっても、わかる者はいなかった。

だいいち、川に挟まれたところが洲なのか渓谷なのか、広さはどのくらいなのかも見当がつかない。

仕方なく旅籠に戻ってくると、物々しい連中が待ちかまえていた。

宿場から猿ヶ京一帯を領地とする沼田《ぬまた》藩土岐《とき》家の役人たちである。

どうやら、妙な絵図面を持って訪ねまわっている怪しい連中がいるとの噂を聞いてきたらしい。

高崎藩の追っ手ではないとわかり、ほっと胸を撫でおろしたが、油断はできない。訪ねたい社《やしろ》があるとごまかし、どうにか切りぬけたが、長居はできそうになかった。

案の定、明朝に迎えを寄こすので、宿場から立ち退くようにと命じられた。

翌早朝、告げられたとおりに厳めしげな役人たちがあらわれ、蔵人介たちは宿場外れの棒鼻まで導かれた。

二度と戻ってくるなと厳命されたので、とりあえずは街道をさきへ進むしかない。

後ろの役人たちが居なくなると、前方から鉢貰いの願人《がんにん》坊主が近づいてきた。

よくみれば、鹿骨幻斎である。

「ずいぶん遅かったのう」

嘲笑され、串部が怒声を張りあげた。

「おぬしこそ、今まで何処におったのだ」

「ふん、鬼役の従者風情にこたえる筋合いはないわ」

幻斎はちらりと由奈に目をやっただけで何も聞かず、街道から外れて道なき道をどんどん進む。

仕方なく従いていくと、雑木林の奥に朽ちかけた御堂が佇んでいた。

「阿弥陀《あみだ》堂じゃ。雨露はしのげるでな。あそこなら、追っ手も気づかぬであろう」

「追っ手」

蔵人介の反応に、幻斎はうなずく。

「高崎藩の連中に追われておるのであろう。わしが事情を知らぬとでもおもっておるのか。やつらはすでに、おぬしらの足取りに気づいておる。すぐ後ろまで近づいておるはずじゃ」

「嘘を吐くな」

串部が怒っても、幻斎は取りあわない。

由奈のほうへ顔を向けた。

「神野庄左衛門の娘か」

「……は、はい」

「おぬしの父を知っておる。父が斬られた理由もな」

「えっ」

「絵図面を託されたであろう。それをみせてみよ」

由奈は狼狽《うろた》えながらも、必死に声を搾りだす。

「そのまえに、父が斬られた理由をお教えください。父は酒に酔った飯山光友に斬られたのではないのですか」

「斬ったのはそやつじゃが、酒に酔っていたのではない。光友は実父で勘定奉行の飯山監物に命じられ、神野庄左衛門の口を封じたのじゃ」

「……く、口を……ふ、封じた」

「神野庄左衛門は大目付の隠密であった。素姓がばれて、亡き者にされたのじゃ。役目に殉《じゅん》じたとも言えようが、遺された者らにとっては居たたまれぬはなしよの。父の素姓なぞ、知らなんだのであろう」

「存じませんでした。父はひとことも」

「それが隠密というものよ」

幻斎に諭され、由奈は唇《くち》もとを結ぶ。

「さあ、絵図面をみせよ」

由奈が震える手で絵図面を渡すと、幻斎は途端に顔を明るくさせた。

「これじゃ」

「わかるのか、絵図面にしめされたところが」

蔵人介の問いに、幻斎はしっかりうなずく。

「ああ、わかる。朱で書かれた『ジュウニ』とは十二社の峰じゃ。八の字に流れる川は左手が赤谷川で、右手は小出俣沢。ふむ、まちがいあるまい」

川の合流地点は阿弥陀堂からもほど近い十二社の峰の登攀口《とうはん》で、小高い頂上までは険しい岩場や獣道がつづいている。

「朱で描かれた三つの点は」

「それじゃ」

「それとは」

「お宝の在処よ」

幻斎の眸子が異様な光を帯びる。

すかさず、蔵人介は問うた。

「お宝とは、謙信公の隠し金か」

「巷間では、そう言われておるようじゃな。されど、真実《まこと》はちがう」

「どういうことだ」

「聞きたいか。ふふ、それなら、順を追ってはなさねばなるまい」

阿弥陀堂に藪蚊が舞いこみ、串部が掌でぴしゃりと首筋を打つ。

幻斎は気にも掛けず、淡々とした調子で喋りつづけた。

「今から八年前のはなしじゃ。猿ヶ京の山深いところにあったはずの村が、まるごと煙のごとく消えてしもうた。祟《たた》りじゃと抜かす古老もおったが、誰ひとりとして村のことを語ろうとせず、沼田藩の連中も取りあおうとはせなんだ。最初から村は無かったものとしてあつかわれたのじゃ。されど、村は確かにあった。城下や宿場とはほとんど交流のない小さな村でな、名さえもわからぬ。されど、村の連中は誰かに言いつけられ、お宝を守っておった。そしてあるとき、皆殺しにされた。お宝の秘密を知る者はみな、口を封じられたのじゃ」

「いったい、誰がそんなことを」

うっかり口を挟んだ串部は、幻斎に一喝された。

「黙っておれ。謙信公の隠し金と噂されたお宝の正体は盗み金じゃ。小判にすれば二十万両にはなるじゃろう」

いったい、何処からそれだけの金が盗まれたのか。

「おぬしにはわかるまい」

串部は睨みつけられ、地団駄を踏んで口惜しがる。

蔵人介には見当がついていた。

「佐渡か」

「そうじゃ。佐渡の金山から盗まれた地金なのじゃ」

佐渡から金を運びだす経路は北国《ほっこく》街道から中山道を経由するものと目されているが、詳細は謎に包まれ、佐渡奉行と奉行直属の配下と人足しか知らない。猿ヶ京にあったとされる村の村人たちは、秘かに集められた人足だったとも伝えられている。

地金を陸路で江戸へ運ぶ経路としては三国街道もあるにはあるが、佐渡奉行の記録を探ってみたところでは、八年前に一度だけ運ばれたのを最後に三国街道は使われていない。

「しかも、八年前に運ばれた地金は街道の途中で消えた。佐渡奉行は必死になって探したが、ついにみつけることはできなかったという」

ところが、事は表沙汰にならなかった。幕府の沽券《こけん》にも関わる一大事だけに、表沙汰にはできなかったのだ。

佐渡奉行の坂出外記《さかいでげき》は変死を遂げたものの、幕府は病死として扱った。幕閣を率いていた筆頭老中の水野出羽守忠成《でわのかみただあきら》も、じつはこのことがあった後に頓死《とんし》している。高齢ゆえに天寿を全うしたと伝えられている一方で、毒を呷《あお》ったのではないかという噂も立った。

「毒を呷ったのが事実なら、地金を失った責を負ったとも考えられよう。妙なはなしはそれだけでないぞ」

幻斎は眉間に皺を寄せる。

「地金が消えてしばらくのち、運搬に携わった金座役人たちの屍骸がみつかった」

賊に斬られたとおぼしき無残な屍骸は、中山道に近い碓氷峠の麓《ふもと》でみつかった。新たに老中首座となった松平周防守康任《すおうのかみやすとう》の命令一下、中山道に沿った周辺一帯が探索されたものの、地金を奪った賊たちの痕跡を摑むことはできなかった。

「それから数ヶ月後、猿ヶ京にあったはずの村が消えた。じつはな、消えた村や御用金強奪のことを探っておったのが、神野庄左衛門じゃった」

幻斎がどうして大目付の隠密と関わったのか、そのあたりの経緯についてはお茶を濁された。

「だいじなのは、この絵図面じゃ。理由はわからぬが、お宝はいったん村へ運ばれ、そののち、移されたのであろう。すぐにでも向かわねばならぬ。高崎藩の連中も狙っておるゆえな。ただし、わしらに先んじた者がひとりおる。ふふ、幻四郎さ」

蔵人介は眸子を細める。

幻斎が幻四郎と呼ぶ痩せ男は、江戸からすがたを消した。

二十万両のお宝を求めて、猿ヶ京の山奥へ足を踏みいれたのだろうか。

「そうに決まっておろう。あやつとて人間、欲に目が眩んだにちがいない」

幻斎はそのように断じるが、はたしてそうなのだろうかと、蔵人介はおもった。

「おぬし、幻四郎に会いたいのであろう。されど、あやつは生きておるのかどうかもわからぬぞ。地金を盗んだ連中は、そうとうに手強い。何せ、八年も素姓を知られずに山中深く潜んでおるのじゃからな。連中の目途も判然とせぬ。お宝を盗んだはいいが、いったい何をしたいのか。闇のなかを手探りで進むようなものじゃ。命がいくつあっても足りぬぞ。それでもよければ、従いてくるがよい」

「ふん、助っ人を頼みたいと素直に言ったらどうだ」

串部の皮肉を無視し、幻斎は阿弥陀堂から抜けだしていった。

六

一行は街道沿いにある峠の茶屋へ立ちより、握り飯をつくってもらった。

幻斎は愛想の良い親爺と何かことばを交わし、早々に茶屋を出て登攀口をめざしはじめた。

正直なところ、幻斎の意図はよくわからない。

金座の後藤三右衛門に命じられているのか、それとも、みずからの意志で動いているのか。

二十万両のお宝を賊から奪い、みずからが名付け親でもある幻四郎を亡き者にする。

ふたつの目途を達成するために、蔵人介を必要としているのか。

今のところ、その程度の臆測しかできぬが、遡《さかのぼ》って考えてみれば、すべては幻斎の意図するとおりに動かされているような気がしてならない。

蔵人介にかぎらず、後藤三右衛門ですら騙されているのではないか。

番頭の清五郎が斬られた件にしても、不思議なのは痩せ男の影を少しも感じないことだった。

三月余り前に江戸を離れて以来、戻っていないのではあるまいか。それならば、清五郎を斬ることはできなかったはずだ。三右衛門は痩せ男の仕業と信じている様子であったが、無拍子流の手口から推せば幻斎の仕業と考えられなくもない。だとすれば、何故か。

清五郎が斬られたのは痩せ男の素姓を探ったせいだと、三右衛門は言っていた。その素姓とやらを清五郎に告げたのは、幻斎にほかならぬ。ひょっとしたら、幻斎こそが清五郎に探られたくない秘密を握られていたのではないか。それがために、清五郎を亡き者にし、痩せ男に罪を着せたのではあるまいか。

いったい、何のために。

おそらくは、痩せ男に代わって三右衛門に取り入るためであろうが、取り入ってどうしたいのかまではわからない。

堂々巡りのおもいを抱きつつ、蔵人介は獣道を登っていった。

岩場を越え、渓谷を下り、びしょ濡れになって滝を登り、山伏《やまぶし》にでもなった気分でひたすら山頂をめざす。

由奈は途中で足のまめが潰れ、歩くのもしんどそうであったが、弱音を吐かずに従いてきた。尾根道では串部が背負ってやり、八つ刻には杉林の木陰で遅い昼食をとった。峠の茶屋で握ってもらった握り飯である。

幻斎は握り飯を食べず、木天蓼《またたび》の実を齧りながらさきを急いだ。

老人とはおもえぬ身のこなしに、串部も「天狗のようだな」と感嘆した。

どうやら、幻斎はむかし、十二社の峰を踏破したことがあるらしかった。

「全国行脚《あんぎゃ》に挑んだ若い時分のはなしじゃ。熊野三山《くまのさんざん》に参拝したのと同等のご利益が得られると聞いての。なるほど、峰の途中に広がる杉林の奥には、熊野古道でみられるがごとき円座石《わろうだいし》があり、苔生《こけむ》した巨石のうえには三つの梵字《ぼんじ》が刻まれてあった」

「三つの梵字」

「さよう、阿弥陀如来のキリーク、薬師如来のバイ、観世音菩薩のサ。刻んだのは行者であろう。どれだけむかしに刻まれたものかもわからぬが、ともあれ、三つの梵字があらわすのは熊野三山の本地仏《ほんじぶつ》にほかならぬ」

「ひょっとして、それが絵図面に朱で描かれた三つの点なのか」

串部の問いに、幻斎はうなずいた。

「わしはそうおもった。円座石の下には大きな裂け目があったゆえな」

「裂け目の向こうに、お宝が隠されておるとでも」

「従者め、興奮するな。行けばわかる」

「あとどれくらいで着く」

「はて、日没までに着けるかどうか」

幻斎は蔑《さげす》むように、疲れきった由奈を見下ろす。

「足手まといになるようなら、おなごは置いていこう」

「莫迦を申すな。熊でも出たらどうする」

「熊より恐いのは人じゃ、ふほほ」

幻斎は笑いを残し、跳ぶように急坂を登っていく。

天狗のごとき老人の背中を、三人は必死に追いかけた。

日没が訪れたのは、それから一刻ほど経ったときだった。

すぐさま、山中は闇に閉ざされた。

手探りで進むようになっても、灯りは点けない。

おそらく、目途とするさきが近いのであろう。

ふいに、幻斎は足を止めた。

濃密な藪が行く手に立ちふさがっている。

藪の壁を分けて顔を差しだすと、篝火《かがりび》が目に飛びこんできた。

苔生《こけむ》した巨石のうえに、梵字が三つ浮かんでいる。

まちがいない、円座石だ。

篝火のそばには、見張りがふたりいる。

風体は山賊そのもので、熊の毛皮を腰に巻いていた。

「あと十も若けりゃ、ひとりで突破しておったろうに」

幻斎は囁いて後退り、山道を戻りはじめる。

蔵人介たちは、黙然と天狗の背にしたがった。

道なき道をしばらく進み、倒木が重なった隙間へ身を隠す。

「ここいらでよかろう。さて、噂は真実のようじゃな。円座石の裂け目に、お宝が隠されておるにちがいない」

「お宝を奪うのか。何やら、盗人になった気分だな」

へらつく串部は、幻斎に釘を刺された。

「お宝を奪うのが目途ではないぞ」

「えっ、そうなのか」

「あたりまえじゃ。だいいち、奪ったお宝をどうやって運ぶ。その段取りすらできておらぬではないか」

「それなら、おぬしの狙いは何なのだ」

幻斎はぎろりと眸子を剝いた。

「連中を襲い、騒ぎを起こすことじゃ」

「いったい、何のために」

「後ろ盾を炙《あぶ》りだすのよ」

「後ろ盾」

鸚鵡《おうむ》返しに問う串部の顔もみず、幻斎は闇をじっとみつめる。

「黒幕と呼んでもよかろう。ただの山賊ごときが、これだけのことをやってのけられるはずはない。かならず、やつらの背後には黒幕がおる。そやつの正体を突きとめねばならぬ」

「わからぬ」

串部は首をかしげた。

「幕府の隠密でもない者が、何故、さような探索をせねばならぬのだ」

「お宝をみつけ、黒幕の正体を暴けば、わしの望みはかなう」

「望みとは何だ」

「言わぬさ。口に出せば、かなうものもかなわぬようになる」

「ふん、信用のおけぬ爺さまだな」

幻斎は串部を無視し、蔵人介のほうに顔を向けた。

「ひとつ言い忘れたことがある。八年前、碓氷峠の麓で金座役人たちの無残な屍骸がみつかった。そのなかに、一体だけみつからぬ屍骸があった。当然、あってしかるべき屍骸じゃ。そやつの名は岡垣源水《おかがきげんすい》、佐渡奉行直属の同心でな、佐渡の金山では人足たちをとりまとめる役割を担っておった」

黙って耳をかたむける蔵人介の様子を窺いつつ、幻斎は囁くようにつづける。

「じつは、地金が盗まれた三月前、佐渡の人足たちが島抜けをやった。これも表沙汰にはなっておらぬが、十数人はおったらしい。そのうちの何人かは捕まって即座に処刑されたが、首謀者とおぼしき重罪人と手下数人は逃げのびた。岡垣は島抜けの責を取って腹を切るものと誰もがおもった。されど、そうはならず、三月後、地金を運ぶ重要な役目を任された」

「おかしなはなしだな」

「神野庄左衛門の調べた内容じゃ」

幻斎は由奈のほうをみたが、暗すぎておたがいの表情はわからない。

「おぬしの父は優れた隠密でな、岡垣源水が鎌槍《かまやり》の達人であることまで調べておった」

「鎌槍がどう関わる」

横槍を入れる串部をうるさがり、幻斎は溜息を吐いた。

「碓氷峠で役人が記した調べ帳があってな、屍骸となった役人の何人かは鎌槍とおぼしき刃物傷を負っていたのじゃ」

「まさか、岡垣源水が殺ったと」

「少なくとも、神野庄左衛門はそう睨んでおった。それだけではないぞ。岡垣は従前から強奪を企て、三月前にわざと重罪人どもを島から逃した。その重罪人どもを使って、荷駄《にだ》の列を襲わせたのかもしれぬとも言うておったわ」

「それが磐《いわ》における連中の正体なのか」

「さあな。いずれにしろ、一筋縄ではいかぬ連中ということさ」

重い沈黙が流れ、闇はいっそう深まっていった。

幻斎が口をひらく。

「そうじゃ、だいじなことを忘れておった。幻四郎をみつけだし、決着をつけねばなるまい。もっとも、生きておったらのはなしじゃが」

あれほど強靭《きょうじん》な痩せ男が死ぬはずはないと、蔵人介はおもっている。ただ、まみえぬ期間が長すぎるせいか、存在そのものが希薄になっていくのを感じていた。

最後に対峙したのは弥生《やよい》二十一日、弘法《こうぼう》大師の命日であった。墨堤《ぼくてい》の桜は葉桜となりかわり、鉄炮洲では鱚《きす》や鰈《かれい》の便りも聞かれるようになったころだ。忘れもしない、永代寺《えいたいじ》の喧噪《けんそう》を逃れた露地裏で、痩せ男は老いた義母を連れて参拝に訪れた仕置掛《しおきがかり》、奥右筆《おくゆうひつ》の生首を抛《ほう》ってよこした。

――くふふ、苦しむがよい。おぬしの苦しむすがたをみるのが、何よりの楽しみだ。

痩せ男の疳高い声を聞きながら、親しくなったばかりの清廉《せいれん》な役人の首をみつめ、途方に暮れたのをおぼえている。

あれから三月余り、尋常ならざる気配を身近に感じることもなくなった。

「この山中に潜んでおるのやもしれませぬし、磐の牢獄に繋がれているのやもしれませせぬな」

串部は慰めるような台詞を漏らしたが、蔵人介は何故か、生きていてほしいと強く願った。志乃との関わりや自分との因縁を聞かされたせいで、わずかながらも情を移してしまったのだろうか。

くっ、何を考えておる。

すべては絵空事《えそらごと》にすぎぬかもしれぬではないか。

蔵人介は迷いを断つかのように、首を左右に振った。

七

幻斎はどうしたわけか、すぐに行動を起こさなかった。

何かを待っているようでもあったが、蔵人介たちは明け方までずっと眠らずに過ごしたのである。

翌朝、山が動いた。

麓のほうから鉦《かね》や太鼓を鳴らしながら、捕り方とおぼしき物々しい連中が大勢で登ってきた。

「はじまったぞ、山狩りじゃ」

幻斎はほくそ笑む。

「高崎藩の追っ手どもを導いてやったのじゃ」

「何だと」

「山賊どもにぶつけるのじゃ。双方が闘って疲弊《ひへい》したところへ、わしらが悠々と乗りこむ。そして、漁夫《ぎょふ》の利を得るという算段だ」

それが当初からの狙いだったらしい。

串部は眸子を怒らせた。

「わかったぞ、峠の茶屋で親爺に絵図面のことを告げたな」

「おう、そうじゃ。高崎藩勘定奉行の飯山監物は、大目付隠密の神野庄左衛門を捕らえた。厳しい責め苦を与え、隠し金のことを知ったのじゃ。二十万両を手にできれば藩財政を建てなおすことができる。みずからは出世街道の頂点に立ち、藩政の舵取りを担うこともできよう。出世欲に衝き動かされ、飯山監物はなりふり構わず動いた。息子の光友を旗頭に立て、藩の精鋭に街道を突破させたのじゃ。隣藩のことゆえ、安中藩も沼田藩もみてみぬふりを決めこんだ。無論、隠し金のことなど知らぬ。知れば、三藩が挙《こぞ》ってこの山へ踏みこんでこよう」

「まさかとはおもうが、おぬし、神野どのの責め苦に立ちあったのではあるまいな」

蔵人介が鎌を掛けると、幻斎は声を出さずに笑った。

「立ちあったとしたら、どうする。わしを斬るのか。ふふ、小娘の眸子に殺気が浮かんでまいったぞ。それだけの気概があるなら、父の仇を討つことができるやもしれぬな」

「幻斎どの、おこたえください。父の責め苦に立ちあわれたのですか」

由奈も食いさがる。

「いいや、立ちあってはおらぬ」

幻斎は真顔で応じたが、嘘か真実《まこと》かの判断はつかない。

三対一で睨みあっていると、鉦や太鼓の音がどんどん大きくなってきた。

「ここで争っておったら、乱戦に巻きこまれるぞ」

山賊たちも気勢をあげ、上から逆落としに駆けおりてくる。

巨岩が尾根道をふさぐように転がっており、山賊たちは巨岩の手前で待ちぶせをはかるつもりらしい。

「ようみえる。ふふ、高みの見物と洒落こもうではないか」

最初からその気だったのだろう。幻斎は木天蓼《またたび》の実を口に抛《ほう》り、木陰から身を乗りだす。

小半刻ほど経つと、捕り方の先頭が岩陰から顔を出した。

隠れて待ちかまえる山賊は五人。三人の捕り方をやり過ごし、後につづいた四人目の首を叩き落とす。

「ぬぎゃっ」

先行した三人は振りむきざま、容赦なく撫で斬りにされた。

「ふへへ、ざまあみろ」

高笑いした山賊のひとりが、ぶっと口から血を吐く。

背後には、塗りの陣笠をかぶった飯山光友が立っていた。

「怯むな、突破しろ」

後続する捕り方を鼓舞し、残りの山賊も袈裟懸けに斬りさげる。

天真一刀流の手練だけあって、見事な太刀捌きであった。

由奈は立ちあがりかけたが、蔵人介に制止された。

「早まるな」

睨みつけると、奥歯を嚙みしめて睨み返す。

敵の顔を目にした途端、父と兄を失った口惜しさが迫りあがってきたのだ。

白刃の交わる音が錯綜《さくそう》し、空恐ろしい断末魔《だんまつま》が尾を曳《ひ》いた。熾烈《しれつ》な剣戟《けんげき》によって双方とも多くの死人を出したが、山賊どもは数で勝る捕り方に蹴散らされ、後退を余儀なくされていった。

だが、山をよく知っているのは、山賊どものほうである。一概に捕り方が優位とは言えない情況だった。

光友に率いられた捕り方の数は、おそらく、まだ五十を超えていよう。対する山賊どもの数はわからない。それを把握するためにも、蔵人介たちは血腥い剣戟の場へ向かわねばならなかった。

双方は円座石の手前で激突し、血煙をあげながら闘いつづけた。

山賊どもの数は二十に満たず、次第に旗色を悪くしていった。

ただし、ひとりだけ手が付けられぬほど強靭な巨漢がいる。

元金山《きんざん》同心の岡垣源水であろう。

月代も髭もぼうぼうに伸ばし、山賊の首魁にしかみえない。

鎌槍を軽々と振りまわし、相手を血祭りにあげていく。

気づいてみれば、捕り方の数も半分に減っていた。

だが、飯山光友は隠し球をしたがえている。

三人の猟師だ。

熊撃ちの名人たちが、遠目から岡垣源水を狙っていた。

風下の藪陰に隠れた蔵人介たちは、硝煙《しょうえん》の臭いを嗅いだのである。

「今だ、放てぃ……っ」

光友の怒声につづき、乾いた筒音が響いた。

——ぱあん。

胸を撃たれた岡垣は、大きく後方へ弾かれる。

双方ともに闘う手を止め、生唾を呑みこんだ。

岡垣はふらつきながらも、どうにか起きあがってくる。

「ぬはは、化け物の頸木《くびき》は解いた。このような日のために、生かしておいたのだ。

おぬしら、ひとり残らず山から下りられまいぞ」

一気に喋りきり、右手を曇天に突きあげる。

その手に鎌槍は握られていない。

——ぱん、ぱん。

二発の筒弾に眉間と心ノ臓を射抜かれ、岡垣は海老《えび》反《ぞ》りになって倒れた。

円座石の周囲には合戦場のごとく、双方の屍骸が折りかさなっている。

もはや、山賊はひとりも残っておらず、捕り方も七、八人しかいない。

それでも、飯山光友は返り血を浴びたすがたで勝ち鬨《どき》をあげてみせた。

「えいえい、おう。えいえい、おう」

後につづく者はいない。みな、疲労困憊《こんぱい》の様相を呈している。

「よし、磐の裂け目へ踏みこむぞ」

光友は勇んで踏みだし、裂け目へ近づいていった。

突如、闇の向こうから突風が吹きつけてくる。

「ぬわっ」

光友は仰け反り、もう少しで倒れそうになった。

後ろに控えた手下どもは、がたがた震えだす。

魔物の放つ瘴気《しょうき》のごときものを感じたのであろうか。

暗澹《あんたん》とした裂け目の奥から、何か丸いものが抛られてきた。

「うっ」

地べたに転がったのは、あきらかに人の生首である。

「ひっ……ひぇええ」

光友は我を忘れ、絞められた鶏のような悲鳴をあげた。

裂け目の向こうから、人影がのっそりあらわれる。

「あっ」

蔵人介は息を呑んだ。

この世の地獄を覗いたかのごとき陰鬱な面相。あらわれたのは紛れもなく、痩せ男にほかならない。

「とくと眺めよ。おぬしの父、飯山監物の首じゃわい」

甲高い声を発するや、痩せ男は袖を斜めに振り払う。

――ひゅん。

白刃一閃、光友の首が飛ばされた。

「どうどうたらりたらりら、たらりあがりららりどう……」

山中に響きわたる寿詞《よごと》は浮かばれぬ亡者の恨み言にも聞こえ、修羅場に集う者たちの心をいやが上にも掻き乱す。

「……何しょうぞ　くすんで　一期は夢よ　ただ狂え」

耳に聞こえてきたのは、閑吟集《かんぎんしゅう》におさめられた歌謡《うたい》の一節であろうか。

もはや、それが痩せ男の口から漏れたものかも判然としない。

時は止まり、また動きはじめる。

だが、からだのほうは自在に動いてくれない。

居竦《いすく》みの術にでも掛かったのか、蔵人介は石仏となって藪陰に蹲《うずくま》るしかなかった。

八

いとも簡単に飛ばされた首の行方を、蔵人介たちは目で追うことしかできない。

残された捕り方の何人かは腰を抜かしたが、尻をみせて逃げだす者もあった。

痩せ男は空中を飛ぶように迫り、華麗に舞いながら素首《そっくび》を飛ばしていった。

そして、瞬きもせぬあいだに、捕り方の生き残りをすべて葬ってしまったのだ。

刀の血振りを済ませ、見事な手並みで納刀しつつ、ゆっくりとこちらに顔を向ける。

幻斎ひとりが誘われるかのように、藪から身を乗りだしていった。

痩せ男が吐きすてる。

「老い耄《ぼ》れめ、まだ生きておったか」

「ふふ、それはこっちの台詞じゃ。三月余りも牢に繋がれておったのか。その割には、滑らかな動きではないか」

「おぬしに鍛えられたゆえな。木天蓼の実ひとつで一日は生きのびられる。しかも、山賊どもは情けを掛け、食べ物も水も与えつづけた。水牢に閉じこめておけば弱るであろうと過信し、途中で責め苦も止めた」

「おぬしなら、逃げようとおもえば逃げられたはず」

「ああ。されど、止めておいた。五十万両の黄金を枕にして寝るのも悪くない。居心地がよすぎてな、江戸の喧噪をすっかり忘れておったわ」

　幻斎は首をかしげる。

「五十万両と抜かしたな。八年前に山賊どもが奪ったのは、小判にして二十万両ぶんの地金ではないのか」

「ふふ、おぬしは知るまい。文化《ぶんか》十四年から天保八年にいたる二十年ものあいだ、佐渡から運ばれた地金の一部は三国街道を通って、猿ヶ京のとある村へ運ばれておった。そこで精錬されておったのだ」

　痩せ男は消えた村のことを喋っている。どうやら、その村には鍛冶が集められ、地金を純金にする精錬がおこなわれていたらしかった。

　幻斎は唸る。

「二十年間で三十万両ぶんの金を貯えたと申すのか」

「ああ、そうだ。それができるのは佐渡奉行しかおらぬ」

　文化十四年の秋に松平伊豆守信明《いずのかみのぶあきら》が没し、老中首座は水野出羽守忠成に代わった。田沼主殿頭意次《たぬまとのものかみおきつぐ》の再来と評された出羽守の登場によって綱紀は弛《ゆる》み、幕府に弓を引くがごとき悪事が秘かにおこなわれていったのだという。

「佐渡奉行は坂出外記であったな」

「坂出は操り人形よ」

「誰かにやらされておったと」

「わからぬのか。黒幕は後藤三右衛門さ」

三右衛門が御金改役に就いたのは、文化十三年であった。翌年から佐渡奉行を掌中に取りこみ、金を貯めこませていたことになる。

「三右衛門は飯綱使いでな、坂出外記に術を掛けて縛りつけた。欲の深い者ほど、術中に嵌《は》まりやすい。坂出は賄賂《まいない》をたんまり受けとり、配下の岡垣源水に命じて別経路でせっせと地金の一部を運ばせたのだ」

「八年前の御用金強奪はどう説く」

「三右衛門がまとまった金を欲した。それゆえ、秘かに公儀が佐渡で貯えておいた地金を拠出させた。小判にすれば二十万両にはなる。無論、それだけの金を運ばせるには、幕閣《ばっかく》の了解を得ねばならぬ」

幕府財政は火の車で、千代田城の御金蔵は底をつきそうなありさまであった。老中首座の水野出羽守が「拠出やむなし」との判断をしめすと、幕閣の重臣たちも追認せざるを得なかった。もちろん、三右衛門から水野出羽守へは莫大な賄賂が渡っていた。

「水野も坂出も、まさか、御用金の荷駄が奪われるとはおもわなんだであろう」

奪われぬために北国街道ではなく、わざわざ三国街道へ経路を変更したにもかかわらず、御用金が強奪されるという前代未聞の失態が生じたのだ。半狂乱となった坂出外記は変死を遂げ、水野忠成もみずから毒を呷った。

「強奪を画策したのは三右衛門さ。じつを言えば、坂出外記は三右衛門に口を封じられたのだ」

口を封じられたのは、佐渡奉行だけではない。三右衛門は早い段階から金山同心の岡垣源水を取りこみ、強奪した二十万両ぶんの地金を猿ヶ京の村へ運ばせた。そして、純金に錬金させたあと、秘密を知る村人たちをみなごろしにしたのである。

「三右衛門は岡垣にたいして、ほとぼりが冷めるまで十年のあいだは山中で息を潜めているように命じた。報酬は一万両だ。あと二年、じっとしておればよかったものを、欲を搔いた岡垣は約定《やくじょう》を破り、三右衛門の知らぬこの場所へお宝を移した。そして、お宝の半分を寄こさねば場所は教えぬと、文に綴ってよこしたのだ」

金座に文が届いたのが、今から三月余り前のことであった。

幻斎は眉を寄せる。

「それで、おぬしが寄こされたのか」

「さよう、わしはすぐさまこの場所を探りあて、岡垣の手下を何人か斬った。そうしたら、みなが恐れをなしてな。そやつらはお宝を運ぶ人足でもあるため、みなごろしにはできぬ。わしが虜囚《りょしゅう》となれば事は収まるとおもい、みずから水牢にはいったのだ」

「あいかわらず、妙な男よの。どうして、今の今まで脱せなんだ」

「欲に駆られた連中を呼び寄せ、ひとり残らず亡き者にするためよ」

「ふん、お宝を運ぶ人足まで、おらぬようになったではないか」

「もう、運ぶ気はない」

「ほう、どうして」

「三右衛門は、おぬしを寄こした。わしの命を取らせるためにな。わしを信じて待っておればよいものを、辛抱できなかったのであろうよ。ふふ、ここらあたりが潮時かもしれぬ。三右衛門の下におっても、おもしろうない。所詮、あやつは金の亡者にすぎぬ。江戸幕府を灰燼《かいじん》に帰すと豪語したゆえ、今まで助けてやったがな」

痩せ男は殺気を孕んだ。

「待て、三右衛門は五十万両をどうする気なのだ」

「さようなことは、本人に聞けばよい。もっとも、おぬしは山から下りられぬであろうがな」

「ふっ、師匠のわしを亡き者にすると」

「おぬし、清五郎を殺めたな。あれは忍びゆえ、容易にはくたばらぬ。あやつが来ずにおぬしが来たということは、あやつは死んだということだ。おおかた、三右衛門に知られたくない秘密でも握られたのであろう」

幻斎は指摘されても、何ひとつ言い返さない。

「おぬしが京から出てくると聞いて、目途は金でないと察した。金でなければ三右衛門に用はないはず。用があるとすれば、何者かの意向を受けて三右衛門の動向を探ることだ。ふふ、おぬしはかねがね言うておったな。柳生《やぎゅう》に取って代わり、天下の剣術指南役になりたいと。その御墨付きを得るべく、水野越前に魂を売ったのであろう」

少し間をあけ、痩せ男はふくみ笑いをしてみせる。

「やはり、図星のようだな。お宝の在処《ありか》とともに、御用金強奪の黒幕は後藤三右衛門なりと訴えれば、おぬしの望みはいかようにもかなえられよう。されど、まあ、そんなことはどうでもよい」

痩せ男は二、三歩進み、飯山監物の首を踏みつけた。

「おぬし、こやつとも通じておったな。神野某とか抜かす大目付の隠密を責め、隠し金の在処を探ったはず」

突如、がさがさと藪が動いた。

「父の仇じゃ」

由奈が躍りだし、幻斎の背中に斬りつける。

「莫迦め」

幻斎は素早く翻《ひるがえ》り、由奈の背後にまわって腕を捻りあげた。

痩せ男が面の内で笑ったように感じられた。

「そのおなご、隠密の娘か。源水が言うておったわ。飯山監物の首を斬ったあと、仇討ちのことを宿場の噂で聞いたとな。ひとり生き残った娘が監物の子に追われているると聞き、娘が絵図面を携えておるのだとわかった。されど、それもどうでもよいはなしだ。わしが何よりも知りたいのは、何故、鬼役がここにおるのかということじゃ」

ふいに、からだの縛りが解けた。

蔵人介と串部は、藪陰からすっくと立ちあがった。

九

痩せ男は声を弾ませた。

「矢背蔵人介、久方ぶりだな。ふふ、永代寺の露地裏で遭って以来か」

腹の底に溜めていた怒りが、猛然と迫《せ》りあがってきた。

「よくも、奥右筆の笹毛《ささげ》忠八郎《ちゅうはちろう》を殺めてくれたな」

「誰を殺めたかなど、いちいちおぼえておらぬわ」

「ならば、地獄でおもいだすがよい」

「おっと、そのまえにこたえてくれぬか。何故、おぬしはここにおる」

「幻斎に……いや、宿縁に導かれたのだ。おぬしに引導を渡すためにな」

「目途はお宝ではなく、このわしだと」

「いかにも」

「ふっ、さすが鬼役、清廉を気取っているだけのことはある。ところで、八瀬の婆さまは息災《そくさい》にしておるか」

「行方知れずとなって、ふた月余りは経とう」

「ほう、行方知れずか」

「赤子のおぬしを捜しに、京へ向かったのかもしれぬ」

「何だと」

「そのあたりは、幻斎のほうが詳しかろうよ」

幻斎は、からからと笑った。

「さよう。幻四郎よ、いつまで痩せ男の面を付けておる。おぬしは御所の鬼門の猿ヶ辻に捨てられておった。雌猿が拾って赤山禅院まで届けたのじゃ。近衛家に縁ある男の子ゆえ、寺で育てるわけにもいかず、わしが住職の頼みを請け、鞍馬山の奥の院へ連れていった。むつきも替えてやったのじゃぞ。おぬしがそこまでになったのは、わしのおかげじゃ」

「心底から感謝しておるぞ。おぬしはわしに、尋常ならざる恨みと怒りの情を植えつけてくれた」

「そうじゃ。おぬしを猿ヶ辻に捨てたのは、身籠もってはならぬ子を産みおとした八瀬のおなごであった。自分を捨てた母への恨みを糧にすることで、おぬしは今日まで生きながらえてこられたのじゃ。白刃を向けるべきはわしではない、矢背蔵人介ぞ。おぬしと血が繋がっておるにもかかわらず、知らぬ顔でおぬしの母と養子縁組をした。密命を受けて奸臣《かんしん》を成敗するじゃと。ふん、笑わせるな。正義面しおって、所詮は公儀の犬にすぎぬではないか」

幻斎は面を紅潮させ、由奈の首を腕で絞めつける。

すかさず、串部が動こうとした。

「静まれ。下手に動けば、娘の命はないぞ」

「くふふ」

痩せ男が笑った。

「娘を盾にせねばならぬとは、おぬしも耄碌《もうろく》したものよな」

「弟子の分際で何を抜かす」

「弟子だと、笑わせるな。幻四郎なぞという名も、おぬしが勝手に付けたにすぎぬ。わしは名無しじゃ。物心ついたときから、そうおもってきた。わしはおぬしに命じられ、わけもわからぬ金満家の手先となり、命じられるがままに人斬りをかさねてまいった。おぬしにとって、この身は金儲けの道具でしかなかったではないか」

「それとて、生きのびる術よ」

「そうよな。おぬしに何を言うても響かぬことはわかっておる。さて、そろりと喋りは止めにせねばならぬ。物事には順番というものがあるゆえ、まずは、おぬしに死んでもらうとしよう」

痩せ男は大股で近づき、白刃を鞘走《さやばし》らせた。

幻斎はこめかみをひくつかせ、身を強ばらせる。

由奈がするりと逃れた。

それでも、幻斎は動かない。

痩せ男に居竦みの術を掛けられたのだ。

「かつて、おぬしに教わった技さ。欲を掻いた相手には覿面に効く。どうやら、この手を煩《わずら》わせることもなさそうだな」

由奈がくるっと踵を返し、手に握った脇差を斬りさげる。

——ばさっ。

胸を袈裟懸けに斬られた途端、幻斎は後方へ飛び退いた。

深傷を負いながらも、居竦みの術から逃れたようだ。

「……お、おのれ、幻四郎」

恨み言を吐く師匠のもとへ、痩せ男は滑るように身を寄せた。

「待て、わしのはなしを聞け」

命乞いする幻斎には目もくれず、片手持ちの刀を頭上に持ちあげる。

「ふんっ」

そして、因縁のひとつを断ちきった。

幻斎は頭蓋を割られ、草叢に転がる。

つぎは自分だ。

蔵人介は身構えた。

が、痩せ男は殺気を消していた。

幻斎の屍骸に祈りを捧げ、こちらに背を向けるや、煙と消えてしまったのである。

「……ま、待て」

嗄《しゃが》れた声で叫んでも、呼びもどすことはできない。

残された五十万両の扱いを託すつもりなのか、いずれにしろ、今ここで勝負をつけたくはなかったのだろう。

蔵人介は我に返り、円座石の裂け目に歩を進めていった。

一歩踏みこむや、冷気に頬を撫でられる。

串部が龕灯に炎を灯し、由奈もともに炎を頼りにしながら奥へと向かった。

行き止まりの空間は、大寺院の伽藍《がらん》とも見紛うほどに広々としている。
細長い木箱が、所狭しと並べてあった。
由奈はごくっと生唾を呑みこむ。
串部が駆けより、木箱の蓋を開けた。
「うおっ」
黄金色の光が闇を照らしだす。
純金であった。
つぎつぎに蓋を取っていくと、洞穴のなかに光の渦がうねりはじめた。
「五十万両か」
これだけの大金を、御金改役の後藤三右衛門はどうするつもりだったのか。
面と向かって問うてみるしかあるまいと、蔵人介はおもった。

十

文月《ふみづき》十四日夜、蔵人介は江戸の土を踏みしめた。
串部と由奈は随行していない。串部には密命を与えて三国峠を越えさせ、由奈は父と兄の御霊《みたま》を弔うべく、みずからの意志で高崎藩の領内に残った。

高崎宿で早飛脚に密書を託したのち、ひとりで飛ぶように中山道をたどってきた。

できれば、盂蘭盆会《うらぼんえ》の迎え火が焚かれる昨日の夕刻までには帰りつきたかったが、さすがにそれはかなわず、切子《きりこ》灯籠や白張《しらはり》提灯がぶらさがる町屋を通りぬけ、今は神田《かんだ》川に架かる新《あたら》シ橋を浅草《あさくさ》方面に向かって渡りきったところだ。

旅装も解かずに向かうさきは、向柳原《むこうやなぎわら》の大名屋敷である。

「後藤三右衛門は今宵、堀大和守《ほりやまとのかみ》の上屋敷を訪ねておりましょう」

重要なことを教えてくれたのは、金座のそばで待ちかまえていた公人朝夕人の土田伝右衛門であった。

蔵人介の帰りを事前に察知し、先廻りしていたのだという。

「御金改役の動きが慌ただしくなってまいりました」

伝右衛門は抜かりなく、金座の内情を探っていた。

信州飯田藩二万七千石の藩主にして老中格、堀大和守親寚《ちかしげ》は目から鼻に抜けるような傑物《けつぶつ》で、周囲から「堀の八方睨み」と称されている。この堀こそが水野忠邦の意を汲んで「改革」に奔走する陰の主役にほかならず、三右衛門は出生が信州飯田であることをきっかけに以前から堀と蜜月の関わりを築いてきた。

「今までは外で密会を重ねてまいったはず。御上屋敷を訪ねるのは、慌てている証拠にござりましょう」

ふたりは飯田藩邸の手前までゆっくり進み、辻を右に曲がって裏へまわった。後藤三右衛門はさすがに遠慮し、正面口からは出入りしないと踏んだからだ。物陰に隠れて息を潜めていると、火の用心を呼びかける番太《ばんた》の声が聞こえてきた。

伝右衛門が囁きかけてくる。

「十二社の峰には、屍骸の山が築かれているというわけですね」

「当面はお宝がみつけられることもあるまい」

「お宝をどうなさるおつもりです」

「すでに、手は打った」

五十万両は幕府の御用金として返還されるべきもので、常道からすれば猿ヶ京一帯を領地とする沼田藩に事後処理を依頼するべきであったが、蔵人介はそうしなかった。沼田藩藩主の土岐頼寧《ときよりやす》が、堀親寚の甥にあたっていたからだ。

「なるほど、沼田藩に事情を告げれば、堀大和守さまの耳にはいるは必定《ひつじょう》。八方睨みの堀さまならば、何をなされるかわかったものではない」

「後藤三右衛門と結託し、五十万両を意のままに使うことも考えられる。それゆえ、越後長岡藩の牧野さまを頼ることにした」

「たしかに、牧野家は代々老中を輩出してきた名門、ご当主である備前守忠雅《びぜんのかみただまさ》さまは次期老中との呼び声も高い名君であられます。されど、京都所司代として今は二条城におわすはず」

「高崎から早飛脚を送った。七日のうちには、越後長岡の国許へ指図が下されるであろう。忠雅公には、二条城で目通り申しあげる機会を得たことがある。九条家《くじょうけ》の不正を処断するにあたり、内々に御墨付きを与えていただいたのだ。欲得ずくでは動かれぬ立派なご当主であった」

蔵人介も忠雅から信頼を得ていたので、大胆な行動に打ってでることができたのだ。串部に書状を持たせて急ぎ長岡城下へ向かわせたのも、忠雅の指図に遅滞《ちたい》なく呼応するための措置だった。

「密書には詳しい経緯を記されたのですか」

「いいや、佐渡から盗まれた御用金とだけ書いた。後藤三右衛門の企てだと証明することは難しいとおもってな」

「賢明でしょう。事はあまりに入りくみすぎております」

「五十万両ぶんの埋蔵金を幕府に返還する。それだけの大義名分があれば、沼田藩との軋轢《あつれき》も生じまい」

みずからの名は伏せてほしいと密書に記したので、長岡藩と忠雅の大手柄にもできよう。

「八方睨みのお殿さまは、地団駄を踏んで口惜しがるでしょうね」

「まだ安心はできぬ。三右衛門が察したら、すぐさま手を打つであろう」

「それを阻むために、御納戸町の御屋敷へも戻らず、こちらへ足を向けられたのでは」

蔵人介は明確な返答を避け、別のはなしを持ちだした。

「ところで、密談の内容はわかっておるのか」

「おそらく、ふたつにござりましょう。ひとつは良貨改鋳《かいちゅう》の承認に関する根まわし、もうひとつは右の献策を果断に実行すべく、みずからの地位を勘定奉行格に引きあげること」

良貨改鋳の献策については、今までも何度か幕閣で諮《はか》られ、勘定奉行など重臣らの強硬な反対にあって潰されてきた。

「そもそも、悪貨鋳造の献策をおこなった張本人のくせに、今さら何を偉そうにもの申すのかと、激昂《げっこう》する御仁もあったとか」

なるほど、悪貨濫造《らんぞう》の下地をつくったのは、後藤三右衛門にほかならない。御金改役に就いた当初の文化十三年頃、幕府の御用金は七十五万両に満たず、御金蔵は底をつきかけていた。そこで、三右衛門は流通していた元文《げんぶん》小判から一割四分ほど金の品位を落とした文政《ぶんせい》小判と一分金を鋳造し、古貨と新貨を等価で交換させることによって出目《でめ》と呼ぶ差益を幕府にもたらした。

文政元年から天保三年までの十四年間で、金銀悪貨の鋳造総額は何と一千百万両を超えているという。幕府には莫大《ばくだい》な利益がもたらされ、三右衛門は幕閣から揺るぎない信頼を得た。

と同時に、負の面も露出していった。悪貨が量産されれば米価諸色《しょしき》は高騰し、庶民の暮らしはままならなくなる。

それでも、大規模な飢饉《ききん》などによる財政危機から脱するべく、三右衛門と幕府は悪貨を濫造しつづけた。天保八年からは、文政小判の品位をほぼ維持したまま、目方を一割五分ほど軽くした天保小判を鋳造しはじめたのである。

無論、米価諸色の高騰は目を覆うばかりで、老中首座となった水野忠邦も「改革」の主眼はどうにかして行きすぎた高騰を抑えることだった。贅沢《ぜいたく》禁止や倹約令を頻発したのも、昨年の暮れに各種の株仲間を解散させたのも、すべては米価諸色の高騰を抑えんがための施策である。

だが、悪貨濫造を止めぬかぎり、何をやっても焼け石に水であることは誰もがわかっていた。

「いよいよ胸突き八丁の瀬戸際となり、掌を返すがごとくおこなった後藤三右衛門の献策が日の目をみることになりました」

天保小判など金の品位が低い悪貨の鋳造を取りやめ、品位で一割五分ほど高い元文小判並みの良貨を鋳造する。悪貨を等価交換で良貨にそっくり換えてしまえば、天井知らずの諸色高は一気に解消され、庶民の不平不満も鎮まり、幕府転覆の危機もすみやかに回避できる。

一読すると真っ当とおもわれる三右衛門の献策だが、幕府としてはそう簡単に受けいれられるものではなかった。

幕府は金の重量を減らした天保小判と古い文政小判を等価交換させることで、莫大な差益を得てきた。銀貨や銅銭をふくめたその差益は、天保八年からの四年間だけみても年平均で約九十万両におよぶ。これは幕府が一年で手にする総収入の実に三割五分を占め、悪貨鋳造の差益なくしては財政がまわらないところまできていた。何処かでこの悪循環を断ちきらねばならぬのだが、幕府の財政を司《つかさど》る役人たちにはその勇気がなかったのだ。

今こそ悪循環を断つ秘策にござ候《そうろう》と、三右衛門は見得を切ってみせたらしい。

だが、悪貨を止めて良貨を鋳造すれば、差益である出目の収益はなくなり、逆《さか》しまに莫大な支出が掛かってくる。

「献策書に記された支出の額は、金貨だけで五百五十万両におよぶとか」

伝右衛門によれば、献策書には膨大な支出を十年掛けて補塡《ほてん》する具体策も記されてあったらしい。すなわち、江戸大坂の豪商への御用金二百万両と倹約金百万両の削減で三百万両を捻出し、天保二朱《しゅ》金などに改鋳した新金の出目で二百万両をあげ、あと五十万両をどうにかして補塡すれば、元文金への復古が実現できるとの主張であった。

「あと五十万両か」

「十二社の峰に隠されていた盗み金と額は一致しますね」

もとはといえば、幕府の御用金である。それを三右衛門は二十年もかけて、上手に隠蔽《いんぺい》していたとも言えよう。

「いよいよ、その五十万両を使うときがきた。三右衛門はおそらく、五十万両が手元にある前提で、みずからの献策を幕閣にみとめさせる肚なのでござりましょう」

伝右衛門の見込みでは、すでに堀親寚のみならず、水野忠邦も術中に落ちているという。三右衛門からは万両単位の賄賂が渡っており、情においても拒めぬところまで関係は深まっているようだった。

「わからぬな」

蔵人介は吐きすてる。

「そうまでして、何故、良貨を鋳造したいのだ」

「幕政を牛耳《ぎゅうじ》りたいのでしょう。ひょっとしたら、二十五年余りまえに金座を任されてから、ずっとこのときを待っていたのかもしれませぬ。わざと悪貨を濫造して米価諸色を意のままに操り、人々の不平不満が暴発しかけたところで、すかさず真逆の方向に舵を切りかえる。これだけの大金を動かすことができる者は自分をおいてほかにいない、水野越前守とて刃向かえまい、とでも言いたいかのようです」

「商人風情が幕政を裏で牛耳り、いったい何をやりたいのか」

「そこからさきは、本人に質してみるしかありませぬな」

伝右衛門は顔を近づけ、肝心なことを聞いてくる。

「それで、どうなされるおつもりです」

「無論」

返答の内容如何《いかん》にかかわらず、後藤三右衛門は成敗しなければなるまい。

三右衛門はみずからの野心を達成するために、非道なことを繰りかえしてきた。猿ヶ京にあった村が丸ごと消失した件ひとつ取っても、死をもって償わねばならぬのは明白であろう。

御金改役を討つことについては、五十万両をみつけた経緯とともに密書をしたため、如心尼のもとへ届けさせていた。

「よもや、拒みはすまい」

確信を込めて発した台詞は、亥《い》ノ刻（午後十時）を報せる鐘の音に掻き消されていった。

十一

裏門が音も無く開き、提灯持ちの手代につづいて小柄な人影があらわれた。

後藤三右衛門にまちがいない。

海鼠《なまこ》壁のつづく露地裏に別の人影はなく、主従は静かに歩きだす。

突如、一陣の風が吹きぬけた。

提灯の炎が消え、手代が気を失って倒れる。

やったのは伝右衛門であった。

ただし、公人朝夕人の役目はそこまでだ。

蔵人介は物陰から、するりと抜けだした。

三右衛門は慌てもせず、ゆっくり近づいてくる。

「ふうん、生き残ったのは鬼役か。ちと、勘定が狂うたな」

「痩せ男も生きておるぞ。おぬしの命で動くのは止めにするそうだ」

「さもあろう。ふん、これからがおもしろいというに、莫迦なやつよ」

「五十万両を失っても、野望は失わぬというのか」

「くく」

三右衛門は笑った。

「姑息《こそく》な手を打ったつもりであろうが、三日もあれば五十万両は取り返してみせる。別に放っておった間者が、十二社の峰の絵図面を手に入れたのだ。おぬしを今ここで亡き者にすれば、さようなことはどうにでもなる」

蔵人介は動じない。かえって、肚が決まった。やはり、三右衛門に天誅《てんちゅう》を下す以外に手はなかろう。

「ふん、鬼役ごときにはわかるまい。わしは幕政を裏で牛耳り、英吉利《イギリス》、仏蘭西《フランス》、露西亜《ロシア》、亜米利加《アメリカ》など、広く諸外国に門戸を開かせる。それがかなわぬというなら、徳川なんぞは見捨ててしまえばよい。わしにはな、徳川に代わる世がみえておるのだ」

「徳川に代わる世」

「さよう。それは侍の末路と言ってもよい。稼がぬ者は淘汰《とうた》されていく。侍なんぞはその最たるものよ。徳川が消え、諸藩が消え、国そのものも消えてなくなる。それでも生き残っていけるのは、国境を持たぬ商人だけだ。わしは七つの海を股に掛けて商売をやる。誰にも邪魔されず、唯一無二の商人になってみせる。今はそのための地均《じなら》しというわけさ」

壮大な野望を語りながらも、三右衛門の胸中にはどす黒いものが渦巻いていた。目途のためなら手段を選ばず、阻もうとする者は誰であろうと平然と命を奪う。

「痩せ男を道具に使い、おぬしは罪無き者たちを殺めてきた」

「あれは憐れなやつさ。鹿骨幻斎に教えこまれ、自分が近衛家の末裔だと信じきっておる」

「何だと、ちがうと抜かすのか」

「わしは疑り深い性分でな、優れた間者を京へ放ち、幻斎の語ったことの裏付けを取らせた。なるほど、八瀬のおなごが産んだ赤子は確かにおった。御所の鬼門の猿ヶ辻に捨てられ、雌猿によって赤山禅院まで連れてこられた。数奇な運命をたどった赤子の逸話も真実だった。禅寺の住職は近衛家の使者を謀《たばか》り、幻斎に命じて秘かにその赤子を育てさせた。大筋は聞いていたはなしのとおりであったが、ひとつだけ幻斎も知らぬことがあった」

三右衛門はふいに黙り、蔵人介は生唾を呑みこむ。

「近衛家に仕えていた従者がおったであろう」

「卜部実篤とか申す生き字引のことか」

「そうだ。幻斎は卜部実篤から八瀬のおなごの因縁話を聞いた。その卜部がまだ生きておったのだ」

しかも、多額の報酬と引換に、幻斎も知らぬ逸話を教えてくれたらしい。

「じつはな、御所の猿ヶ辻には、ふたりの赤子が捨てられておったのだ」

「えっ」

冬も間近の凍てつく早朝であったという。卜部実篤は偶さか赤子の泣き声を聞き、御所の鬼門へ足を運んだ。ほかには誰もおらず、玉砂利の敷きつめられた猿ヶ辻へ着いたときには、むつきに包《くる》まった赤子も泣きやんでいた。

「そこへ、大きな猿が一匹やってきた。卜部は神の使わしめだとおもい、その場から動くことができなくなった。信じられぬことに、猿は赤子のひとりを腹に抱き、艮《うしとら》の方角へ去っていった。残されたもうひとりを救おうと駆けつけてはみたものの、赤子はすでに冷たくなっており、むつきには牡丹《ぼたん》の花が縫いこまれてあった」

「もしや、近衛牡丹か」

「ああ、そうだ。死んだ赤子のむつきには、近衛家の家紋が縫いこまれてあった。おおかた、八瀬のおなごが縫ったのであろうと、卜部は間者に告げたらしい」

蔵人介は止めていた息を吐きだした。

「もう、わかったであろう。猿に救われた赤子は、近衛家と縁のある赤子ではない。八瀬のおなごが産んだ子は、猿ヶ辻で冷たくなっておったのだ」

せめてもの救いは、残された子が卜部実篤によって手厚く葬られたことであった。卜部は猿ヶ辻で目にした出来事だけは誰にも告げず、何十年も胸の裡《うち》に仕舞っていたのである。

赤子のひとりは生かされ、ひとりは死んでいった。人の生死は紙一重、どちらが生かされるかなど神仏にしかわかるまい。真実を知らずに生きながらえた者の不運は、神仏であろうとも取りのぞくことはできぬ。この世への恨み辛みを糧に生きてきた者にとって、真実を知ることほど残酷な仕打ちはなかろう。

「ふふ、いずれにしろ、あやつは母と信じる者の命を奪いにいくはずだ。されど、おぬしは盾になれぬ」

　蔵人介は腰を落とし、すっと身構えた。

「できるのか、欲深き商人ごときに」

「わかっておらぬようだな、荼枳尼天《だきにてん》の霊力を。財宝を持ち、障碍《しょうがい》を除き、栄華を拓く。荼枳尼天は閻魔天の眷属《けんぞく》たる小夜叉神《こやしゃじん》にして、生類《しょうるい》一切の肉を常食といたす。なかでも大好物は人黄《じんおう》、人の頭頂の十字にある六粒のあまつひよ。人黄とは人の魂魄《こんぱく》なり。人の息となって命を保ち、懐妊の種となって人の身を造る」

　閻魔大王は荼枳尼天を娑婆《しゃば》に放ち、定命が尽きかけた人を荼枳尼天に与えるとも言われている。人に憑依した荼枳尼天は半年のあいだ、その人の頭頂から足の裏までをしゃぶりつくす。仕舞いにはその人の息を呑み、すべての血を吸って命を奪うのだ。その霊力は強靭で、天皇の代替わりの儀式である即位灌頂《かんじょう》においても用いられる。すなわち、大日《だいにち》如来の印である智拳印《ちけんいん》を結び、荼枳尼天法の明咒《みょうじゅ》が唱えられるのである。

「オン、キリカク、ソワカ……」

三右衛門は銅りんの代わりに小石を打ち、頭には烏帽子《えぼし》をかぶっていた。

祈禱成就法の陀羅尼《だらに》真言を唱えつつ、右の人差し指と中指を右目に突っこみ、何をするかとおもえば、眼球を剔りだしてみせる。

「……ずおおお、この身の一部を捧げたてまつる。どうか、わがおもい、かなえて進ぜよ。オン、キリカク、ソワカ、オン、キリカク、ソワカ……」

地べたが波打ち、小刻みな震動が足許から全身に伝わってくる。

堀屋敷の海鼠壁や大屋根も、がたがたと音を起てて震えだした。

「大地震《おおない》じゃ、大地震じゃ」

屋敷の内から、堀家の家臣たちが夜着のまま飛びだしてくる。

それでも、三右衛門は真言を唱えつづけた。

佇む五体は光の膜に包まれてみえ、結界でも築かれたように三間四方に近づいた者は外へ弾かれてしまう。

弾かれた者は傷つき、血を流していた。

酷い裂傷を負い、立ちあがれぬ者もいる。

飯綱使いの用いる鎌鼬《かまいたち》にでも裂かれたのか。

家臣たちには三右衛門がみえておらぬのだろう。

慌てふためき、右往左往するさまは、六道《りくどう》地獄に堕ちた亡者さながらであった。

旋風が縦横に吹き荒れ、風の筋が糸のように煌めく。

蔵人介は踏んばり、両腕を十字に組んで風を避けた。

煌めく風が通りぬけるたびに、ひりつくような痛みが走る。

蔵人介は瞑目《めいもく》するや、肩の力をすっと抜いた。

「色即是空《しきそくぜくう》、空即是色……」

心を空にすれば、いかなるまやかしも通用せぬ。

来し方の因縁を解きはなち、この身を丸ごと高みから放りだしてみせよ。さすれば、奈落の底がみえてくる。

――今。

豁然《かつぜん》と眸子を開き、蔵人介は地を蹴りあげた。

両手で智拳印を結びつつ、三間の結界を破る。

眼前にあるのは、隻眼となった商人の驚いた顔だ。

「放下著《ほうげじゃく》、怨敵退散」

蔵人介は凜然《りんぜん》と言いはなった。

鞘走った鳴狐が唸りをあげる。

——ひゅん。

斬った感触すらもない。

水平斬りで飛ばされた首は、闇の彼方へ消えていった。

倍にも肥大したかにみえた三右衛門の胴は縮まり、地べたに倒れてもまだ血をどくどくと流しつづける。

揺れはおさまり、あたりは嘘のように静まった。

走り惑う家臣たちの影もない。

人の声すらも聞こえてこない。

蔵人介は納刀もできず、片膝をがっくりついた。

人をひとり斬って、かってこれほどまでの疲れをおぼえたことはなかろう。

どうにか踏みだした爪先のそばには、目玉がひとつ転がっている。

虚空をみつめる瞳は混濁し、何ひとつ語りかけてこない。

蔵人介は顔を背け、蹌踉《よろ》めきながらも歩きはじめた。

十二

空には丸みを帯びた小望月《こもちづき》がある。

流れる薄雲は月を隠しきれず、千々に乱れて消え失せていく。

後藤三右衛門の語った内容を反芻しながら、勾配のきつい浄瑠璃坂を登っていった。

もはや、何が真実かもわからない。いったい、痩せ男とは何者なのか。腹違いの弟かもしれぬという疑念が宙ぶらりんのまま、冷静でありたいと願う気持ちを掻き乱そうとする。

たどりついた御納戸町の家には、祖霊を誘う迎え火が焚かれていた。

「養母上……」

もしかしたら、京から戻っているのではあるまいか。

志乃ならば、明確なこたえを持っていそうな気がする。

わずかな期待を胸に、鉛のごとく重い足を引きずった。

冠木門を潜り、飛び石を伝って玄関へ向かう。

「ん」

足を止めた。

人の気配がしない。

風向きが変わり、血腥さに顔をしかめた。

表口の軒下に、何かがぶらさがっている。

みてはならぬものだ。

「三毛か」

怒りにまかせ、蔵人介は吐きすてた。

志乃の身代わりとなって家に居着いた三毛猫らしき影が、無残にも腹を裂かれた恰好で逆さ吊りになっている。

暗すぎてしかとは判別できぬが、おそらくはそうなのであろう。

滴る血は湯気を立ちのぼらせている。

肌はまだ、温かいにちがいない。

「……や、痩せ男がおるのか」

心ノ臓が、ぎゅっと締めつけられた。

幸恵や卯三郎は、無事なのだろうか。

絶望の淵へと突きおとされた気分だ。

突如、背後に殺気を感じた。

「くふふ、待っておったぞ」

くぐもった声に振りむけば、冠木門を背にして痩せ男が立っている。

茫洋《ぼうよう》としてつかみどころがなく、面だけが薄闇に白く浮かんでみえた。

「おぬしらしくもない。襤褸屑《ぼろくず》のようではないか。さては、荼枳尼天の餌食《えじき》になりかけたか」

蔵人介は低く身構え、三白眼に睨みつける。

「家の者たちはどうした」

「心配であろうな。教えてほしいと懇願する目が物乞いの目にみえるぞ。何にせよ、今宵で矢背家は消える。徳川に魂を売った裏切り者の痕跡は、一片残らずこの世から消えるのだ」

「よかろう」

蔵人介はうなずいた。

「望みを果たしたあとはどうする。喩えようのない怒りを糧に生きてきたのであろう。養母上やわしが消えれば、怒りをぶつけるさきが無くなるぞ」

「案ずるには及ばずさ。世の中には善人面した連中が掃《は》いて捨てるほどいる。そやつらに引導を渡して歩くのも一興《いっきょう》、楽しみならいくらでもある」

「それを聞いて安堵した。心置きなく、おぬしを葬ることができる」

「ふん、その意気だ。鬼役らしく、最期にひと花咲かせてみせろ」

痩せ男はふっと宙に浮き、滑るように迫ってくる。

蔵人介も地を蹴り、抜き際の一刀を繰りだした。

「つお……っ」

乾坤一擲《けんこんいってき》の水平斬りだ。

痩せ男は軽々と躱し、袈裟懸けを浴びせてくる。

「ぬっ」

十字に受けるや、巌のごとき重みで片膝が折れた。

すかさず二の太刀が振りおろされ、右耳を削がれそうになる。

蔵人介は地べたを転がり、飛び石の上に跳ね起きた。

痩せ男は追ってこない。

「鬼役め、どうした、何を迷っておる」

迷うなとみずからに言い聞かせても、一度移しかけた情けを消すのは容易でない。

厄介な情けの正体は、不運な生いたちに縛られた者への同情であり、血の繋がった弟かもしれぬ人斬りへの憐憫《れんびん》であろう。

「鬼にならねば、役目は果たせぬ。それが鬼役ではないのか。ふふ、情けを抱いておるようでは、わしとは対等に張りあえぬ。あの世で臍《ほぞ》を噬《か》むがよい。つぎの一刀で冥途《めいど》へおくってくれるわ」

痩せ男は巨木となって佇立《ちょりつ》し、白刃を頭上に高々と掲げた。

夜空に張りつく小望月が、切っ先で串刺しにされてしまう。

——死ぬのか。

蔵人介は死を覚悟した。

斬られてもよいという弱気な心が、生への執着を奪い去る。

と、そのときだった。

一本の鏑矢《かぶらや》が闇を裂いた。

——ひゅるる、ずん。

鏑矢は精緻《せいち》な軌跡を描き、痩せ男の胸に突き刺さる。

「幸恵か」

咄嗟に、蔵人介は大屋根を見上げた。

幸恵が瓦のうえで片膝立ちになり、重籐《しげどう》の弓に二の矢を番《つが》えている。

「おのれ、女め」

痩せ男は胸に刺さった矢を折り、大屋根を睨みつけた。

そこへ、背後から黒い影がするすると迫る。

「うっ」

振りむいた痩せ男は、上段の一撃を食らった。

「養父上、それがしにござる」

会心の一撃を見舞ったのは、卯三郎である。

能面が地に落ち、ふたつに割れていた。

もはや、眼前の人物は痩せ男ではない。

晒された面貌は、温和な若い男のものだ。

肌は雪のように白く、みようによっては赤子にもみえる。

呼びかけようとおもっても、名さえ浮かんでこなかった。

面を失った男は途方に暮れたように佇み、蔵人介に背を向け、冠木門のほうへよろよろと歩きだす。

だが、門前にはもうひとり、薙刀を手にした人影が仁王のごとく立っていた。

「……は、養母上」

まちがいない、志乃である。

一瞬、男の五体に生気が甦った。

「はう」

撞木足《しゆもく》に構えるや、右八相に白刃を持ちあげる。

「ぬおおお」

腹の底から雄叫《おたけ》びをあげ、男は猛然と斬りかかっていった。

「たわけめ」

志乃が一喝する。

「この世に悔いを残すでないぞ」

宝刀国綱の分厚い鋼《はがね》が、大黒柱をも薙ぐ勢いで振りまわされた。

――ぶん。

男は避ける術もなく、首を高々と飛ばされたのである。

血飛沫は小望月を濡らし、首無し胴は仰向けに倒れていった。

「……お、終わったのか」

蔵人介の胸中に、乾いた風が吹きぬける。

志乃は転がった首のそばへ歩みより、崩れるように屈みこむや、胸を掻き抱いて号泣しはじめた。

「……不憫《ふびん》よのう。たとい、おぬしが我が子であっても、今宵の運命は変えられぬ。そなたはわたくしを母と信じて憎み、その憎しみに縋りながら生きてまいった。刺客となって罪無き人々を殺めてきたことの責めは、わたくしも負わねばならぬ」

蔵人介は立ちあがり、志乃のもとへ身を寄せた。

「養母上、ようもご無事で」

途中でことばを失い、込みあげてくるものを呑みこむ。

志乃は優しげな眼差しで、何度もうなずいてみせた。

幸恵も大屋根から降り、忍び足で近づいてくる。

「昨夕、迎え火を焚いたところへ、義母上《ははうえ》はお戻りになりました。ご先祖さまかと勘違いし、腰を抜かしかけたのですよ」

機転を利かせた冗談に、志乃もこたえてみせる。

「幸恵さん、わたくしを仏壇に納めたいのかえ」

ふたりが笑いあう様子を眺め、蔵人介はようやく安堵の溜息を漏らした。

冠木門の向こうから、吾助とおせきもやってくる。

家の者たちは屋敷を砦《とりで》に見立て、宿敵に備えていたのだ。

おそらく、志乃は京で卜部実篤を捜しだしたにちがいない。猿ヶ辻に捨てられた赤子のはなしを聞き、腹を痛めた子の悲運と猿に救われた子の数奇な運命におもいを馳せたのだろう。

我が子ではないと知っても、一度移しかけた情けは簡単に消すことができない。志乃は痩せ男を心底から憐れにおもい、追善の涙を流したのだ。

「南無……」

吾助が屍骸に手を合わせ、念仏を唱えはじめた。

「……どうどうたらりたらりら、たらりあがりららりどう……」

耳を澄ませば、次第に念仏は寿詞《よごと》に替わり、眸子を瞑れば『善知鳥《うとう》』のシテを演じる痩せ男の舞いが瞼の裏に浮かんでくる。

痩せ男となった猟師は生前、いとけない善知鳥の雛をあさり、罪業の深さも忘れて殺生をかさねた。そして、成仏できぬ亡者となり、怪鳥《けちょう》と化した善知鳥の銅爪や鉄嘴《てつし》で突かれては悲鳴をあげ、劫火《ごうか》に焼かれては悶え苦しんだ。亡者は懺悔《ざんげ》しながらも、狩場をおもいだしては心を昂ぶらせ、激しく傷ついてもなお狩猟に挑む執念を燃やし、その心情を狂おしいばかりの舞いで表現してみせる。

「……ちりやたらりたらりら、たらりあがりららりどう……」

名も無き男の生きた証しとは、いったい何であったのか。

こたえをみつけるのは難しかろう。

「すべては一期《いちご》の夢とおもうしかあるまい」

はからずも、志乃がつぶやいてみせる。

――一期の夢。

人の一生とは、そういうものかもしれぬ。

蔵人介は悲しげにうなずき、翳《かげ》りゆく月に背を向けた。

十三

十日後、文月二十四日。

――上杉謙信公の埋蔵金、五十万両がみつかった。

千代田城内は朝から、上を下への大騒ぎとなった。

重臣たちは廊下を右往左往し、興奮冷めやらぬ顔で何やら叫んでいる。伝令役のお城坊主は諸大名のあいだを行き交い、誰が何をどうしたのかといった経緯を詳しくはなせと恫喝《どうかつ》されていた。

中奥の御膳所周辺も落ちつかず、笹之間にも表向《おもてむき》の慌ただしさは伝わってくる。そうしたなか、昼餉の御膳には刺鯖《さしさば》や鮑《あわび》の白和えなどが並び、蔵人介は常と変わらぬ様子で毒味御用にいそしんだ。

刺鯖とは背開きの鯖を二枚重ねて塩漬けにしたものだ。七夕の贈答などにも使い、花鰹《はなかつお》を添えて蓼酢《たです》で食す。汁は川魚のうぐいに菜を入れたもの、鮑の白和えの隣には椎茸《しいたけ》の青和えが置かれ、皮牛蒡を添えた塩鳥《しおどり》の煮物や餡《あん》かけにした蒸し鰹なども見受けられた。

淡々と毒味をこなしてみせる蔵人介のことを、相番の逸見鍋五郎は感心しながら眺めている。

「五十万両の埋蔵金がみつかったというのに、あいかわらず、矢背どのは落ちついておられますな。猿ヶ京の山中に埋まっておったそうですぞ。あのあたりは沼田藩土岐家のご領内ですが、何故か、みつけたのは越後長岡藩の牧野家に仕える家臣たちであったとか」

逸見は蔵人介の反応を窺いつつ、声を一段とひそめた。

「なるほど、謙信公は越後生まれの戦国大名なれど、牧野家に大手柄を立てられた土岐家の方々はさぞや口惜しがったことでありましょう。しかも、牧野さまはみつけた五十万両をそっくりそのまま公儀にお預けになり、鐚《びた》一文も報酬をお受けとりにならぬご方針だとか。さすが、次期老中との呼び声も高い名君であられますな。無為無策で諸色の高騰を招いたどこぞのお偉方連中は、爪の垢でも煎じて呑んだほうがよい。おっと、これは少々口が滑りました。ご容赦、ご容赦」

牧野家当主の牧野忠雅は約束を守る人物なので、けっして蔵人介の名をおおやけにはすまい。詳しい経緯は如心尼にも上申してあるゆえ、疑り深い水野忠邦や八方睨みの堀親寚に余計なことを勘ぐられぬよう、大奥経由で公方家慶へ上手に根まわしもしてもらえるだろう。

いずれにしろ、誰も当てにしていなかった五十万両もの当座金が千代田城の御金蔵にはいるのである。幕閣の重臣たちは小躍りして喜んでいるのにちがいない。

ところで、金座の主が代替わりすることは、一部の者にしか知らされていなかった。

前任の三右衛門は内々には病死とされたが、勘定所の記録にも留められず、身内のなかから銭勘定に長けた者が役目を引き継ぐように命じられていた。もちろん、後藤家に代々伝わる「三右衛門」の名を継ぐはずだが、水野忠邦の傀儡《くぐつ》になるであろうことは容易に想像できた。

おもしろいことに、金の品位が低い悪貨を良貨に改鋳する献策は水野忠邦の私案として幕閣の評定《ひょうじょう》に諮られ、勘定奉行らの強硬な反対を押しきって実行される見通しとなった。あの世へ逝った三右衛門が喜んでいるとはおもえぬが、五十万両がみつかっていなければ、なかったはなしであろう。

蔵人介は役目を終え、城内の喧噪を逃れるように帰路をたどりはじめた。

内桜田御門を潜って武家地を通りすぎ、市ヶ谷御門を越えて町屋へ向かう。

遠くから聞こえてくるのは、童女たちの唄う盆歌であろうか。

「ぼんぼんぼんは今日明日ばかり、明日は嫁の萎《しお》れ草、萎れ草。萎れた草を櫓《やぐら》へあげて、下から見いれば木瓜《ぼけ》の花、木瓜の花……」

水野忠邦の号令一下、市井への締付は弛む気配もない。

その先頭に立って旗を振るのは南町奉行の鳥居耀蔵であり、片棒を担いでいるのは北町奉行の遠山景元であった。

遠山はこのところ、以前とはまるで人が変わったようにみえる。ことに出版物に関する統制は、誰の目からみても厳しすぎた。まず、すべての出版物について町奉行の許可が必要となり、さらには、絵草紙《えぞうし》掛の名主一同への町触れにもあるとおり、役者や遊女を描いた一枚摺りの錦絵《にしきえ》と女芸者の似顔絵は発行できぬこととなった。

「似顔絵や狂言ではなく、忠孝《ちゅうこう》や貞節《ていせつ》を題目にした草紙を作り、児女の勧善のために役立つようにせよ。表紙や包みに彩色することは無用である……また、草紙類の綴りは三枚を限度とし、それ以上の枚数を綴った冊子は禁止する。好色本《こうしょくぼん》は特に売買を禁止する云々《うんぬん》」

遠山は品川町《しながわちょう》の名主らを呼びだし、右の内容を本屋仲間や商人に徹底するように命じた。奉行所内には「絵本類改掛」なるものが新設され、水野忠邦からも大目付経由で以下のような町触れが下された。

「ひとつ、今後新刊書は儒書、仏書、神書、医書、歌書にかぎり、異教や妄説を内容とする風俗や批判書、好色画や好色本を禁止する。ひとつ、他人の家柄や先祖のことを記した新刊は禁止する。ひとつ、歴代将軍の身の上や物語を書いてはならず、違反した者は町役人から訴えでよ。等閑《とうかん》にしていたならば、家主、五人組、名主までも処罰する云々」

お達しだけでなく、実際に処罰された者もいる。

柳亭種彦の筆名で『修紫《にせむらさき》田舎源氏』を著した高屋彦四郎知久《たかやひこしろうともひさ》であった。

二百俵取りの旗本小普請だが、人気浮世絵師の歌川国貞と組んだ合巻《ごうかん》がとんでもない評判になり、十三年間で三十八編百五十二冊も刊行された。ところが、公方や大奥を彷彿とさせる内容が風紀を乱すとの理由から、絶版の命を下されたのだ。

高屋は先月に目付から一度召喚されていた。今月はじめに再召喚されて譴責《けんせき》を受け、筆を折ったにもかかわらず、十九日に急逝したのである。一部には毒を呷ったとの噂も立った。

「筆禍《ひっか》よな」

蔵人介も心を曇らす出来事だった。

うだつのあがらぬ幕臣が文才によって身を立て、人々を楽しませる読物を長きにわたって書きつづけ、浅草田原町《たわらまち》に「修紫楼」と称される屋敷を構えるまでになった。格別に贅沢をしたわけではないが、屋敷を新築するほど名が売れたことへの嫉妬も絡んでのことであろう。

公儀の目を気にしてか、柳亭種彦に同情する声は聞こえてこない。

ずいぶん生きにくい世の中になったなと、感じざるを得なかった。

水野忠邦の叫ぶ「改革」は暮らしや風俗を色褪《あ》せたものにするだけでなく、人々の精神をも萎《な》えさせる。誰もが気儘《きまま》に洒落た装いや笑いや色恋を楽しめる風潮は、遠いむかしの出来事になりつつあった。

「ぼんぼんぼんは今日明日ばかり、明日は嫁の萎れ草、萎れ草……」

蔵人介は盆歌を口ずさみながら、浄瑠璃坂をのんびり登っていった。

午後の日差しは心地よく、汗ばんだ頬を秋風がそっと撫でていく。

城勤めの連中が下城するには早く、御納戸町は静寂に包まれている。

冠木門を潜ると、中庭のほうから猫の鳴き声が聞こえてきた。

「なあご」

もしやとおもって足を向けると、志乃が縁側の陽だまりに座り、芙蓉《ふよう》の花を眺めている。

膝のうえでは三毛猫が気持ちよさそうに欠伸をしていた。

「おや、お戻りですね」

志乃に問われ、蔵人介はお辞儀をする。

もうすっかり以前の暮らしに戻っていたが、三毛がいないことに一抹の淋しさをおぼえていた。

「幸恵さんにお聞きしましたよ。わたくしが居ないあいだ、ずっと家の番をしてくれていたんだって」

「されど、その猫は」

「まこと、こたびは心配をお掛けしました。もう二度と、かようなまねはせぬゆえ、名付けられた花に喩えられ、蔵人介はいっそう顔を赤く染めた。

朝には白い八重の花弁は、夕方になると淡い紅色に変わる。それゆえ、酔芙蓉と
「ふふ、まるで、酔芙蓉《すいふよう》じゃのう」

嬉しいやら恥ずかしいやら、蔵人介は頰を赤らめた。

「何と」

「吾助はそれを言ってよいものかどうか迷い、言わずにおいたそうです」

「唐渡りの鼬」

「三毛どころか、猫でもない。眉間の白い唐渡りの鼬《いたち》だそうですよ」

「あれは何であったと」

あのとき軒下からぶらさがっていたのが三毛だと勘違いしてしまわれたらしいと」

「ふふ、吾助が申しておりました。蔵人介どのはよほど動顚《どうてん》しておられたらしく、
志乃の言うとおり、三毛にまちがいあるまい。

「ほら、尾がないでしょう」

「えっ」

「三毛だそうですよ」

許してくだされ」

志乃は気恥ずかしいのか、三毛に語りかけるように謝り、何事もなかったかのように庭へ目を移す。三毛はごろごろと咽喉を鳴らし、最初から自分の居場所ででもあるかのごとく、志乃の膝で眠りつづけた。

過ぎてみればあっという間ではあったが、今日という日をどれだけ待ち望んでいたことか知れない。

ひとことくらい叱責のことばを発しても罰は当たるまいと、蔵人介はおもった。

「養母上」

強い口調で呼びつけると、三毛がびくっと耳を震わせた。

「何じゃ、何か言いたいことでもおありか」

志乃に鋭く切りかえされ、蔵人介は素早く角《つの》を納めてしまう。

「いいえ、何も……じつは、御膳所からお裾分けを頂戴しましてな。ほらこれ、養母上のお好きな大福餅にござります」

笹の包みを差しだすと、志乃の顔は笑みではちきれんばかりになった。

「江戸もなかなかどうして、住みよいところではないか、のう。ふほほ」

蔵人介もつられて笑い、ふたりの笑い声は風に乗って御納戸町一帯を優しく包みこむ。

幸恵も奥から顔を出した。淹れたての焙《ほう》じ茶の香りが、縁側に広がっていく。

卯三郎は練兵館から帰宅する途中であろうし、明日になれば串部も戻ってくることだろう。埋蔵金を運んだ苦労話を聞かされるにちがいなかった。

すべては平常に戻りつつあったが、心の底から喜ぶことはできない。

因縁の糸を断ち、来し方の呪縛から逃れたにもかかわらず、何故にこれほどの虚しさをおぼえるのだろうか。

――わからぬ。

大福餅を頬張る志乃の横顔だけが、蔵人介にとっては唯一の救いであった。

鬼役メモ

画・坂岡 真

※ページ内側にあるキリトリ線で切って、備忘録にお使い下さい。

キリトリ線

キリトリ線

鬼役メモ

画・坂岡 真

※ページ内側にあるキリトリ線で切って、備忘録にお使い下さい。

鬼役メモ

画・坂岡 真

※ページ内側にあるキリトリ線で切って、備忘録にお使い下さい。

キリトリ線

キリトリ線

鬼役メモ

画・坂岡 真

※ページ内側にあるキリトリ線で切って、備忘録にお使い下さい。

光文社文庫

文庫書下ろし／長編時代小説

金《きん》　座《ざ》　鬼《おに》役《やく》 国

著者　坂《さか》岡《おか》　真《しん》

2019年4月20日　初版1刷発行

発行者　鈴木広和
印刷　新藤慶昌堂
製本　ナショナル製本

発行所　株式会社　光文社
〒112-8011　東京都文京区音羽1-16-6
電話 (03)5395-8149　編集部
8116　書籍販売部
8125　業務部

ISBN978-4-334-77842-2　Printed in Japan

組版　萩原印刷

KOBUNSHA